花间阡陌
山水归程

山木霧海
乔简竹前

沙西绘

百里花书

喻帆 ◎著

贵州出版集团
贵州人民出版社

图书在版编目（CIP）数据

百里花书 / 喻帆著 . -- 贵阳 : 贵州人民出版社，
2020.7

ISBN 978-7-221-16102-4

Ⅰ . ①百… Ⅱ . ①喻… Ⅲ . ①书信集 – 中国 – 当代
Ⅳ . ① I267.5

中国版本图书馆 CIP 数据核字 (2020) 第 128828 号

百里花书
BAILIHUASHU

喻 帆 ／著

出 版 人	王　旭	
策划编辑	谢丹华	
责任编辑	陈　电　杨雅云	
封面题字	管　峻	
装帧设计	陈　电	
出版发行	贵州人民出版社（贵阳市观山湖区会展东路SOHO公寓A座）	
印　　刷	深圳市新联美术印刷有限公司	
开　　本	787×1092mm　1 / 16	
印　　张	12.5	
字　　数	130千字	
版　　次	2020年8月第1版	
印　　次	2020年8月第1次印刷	
书　　号	ISBN 978-7-221-16102-4	
定　　价	60.00元	

花間阡陌
山水歸程

菅橋

目 录 / contents /

　　天又亮了，深夜里时常有雨过境，喧闹了一阵便消失了，醒来时不知是否真下了雨。两个小朋友在身旁蜷缩着酣睡，呼哧呼哧地呼着气，活像两只圆滚滚的小猪。风吹动着靛蓝的窗帘微微透亮，我发发呆，不知道风什么时候睡，不知你们什么时候起。

　　和宏大的叙事不同，一些看似没有意义的刹那片刻往往更容易拉远自我与世界的距离，例如午睡醒来的傍晚、电影落幕灯亮的瞬间、走出商场外面下着的大雨。每一次恍惚，每一次梦醒，好像回忆起来了什么又好像什么也没有，失落感油然而生。再会再会，"人间别久不成悲"，早都习惯了。

　　突然看到余秀华写的一句："如果我70岁，我就有70个春天"。暗暗地数了我的，胆战心惊，一生居然也就这么被偷走了半生。时常有人问我为什么这个年龄了才选择将一对孩子带到这个世界，我总是笑笑不置可否。在我看来，年龄不过是一个生理的刻度，与人的状态无关，更与该做什么事无关。就算到了80岁垂垂老矣，我照样可以在泰国芭提雅4000米的高空玩跳伞，做个"硬核"爷爷。和年龄"死磕"，这才是男人的浪漫。

实际年龄从来都决定不了我是稚嫩还是老了，内心自在的精神状态才是衡量年龄的标杆。比起实际年龄和心理年龄这样格式化的数字，我更愿意相信在不同的时刻，年龄是在不断发生变化的。

健身房里跑步的我23岁，在露台上喝茶看月亮的我48岁，伏案写作的我33岁，在游乐园和言儿信儿一起坐旋转木马的我8岁，心动时的我18岁，愁眉苦脸的我40岁。

多年前的少年听不清风的声音，但我知道是古早的深林和麦浪声，至今还在我体内飘荡。这些吉光片羽无论多不足道，都有着最真实的力量。

年轻时，我向众生求索，要一个他们能力之外的承诺。诸佛昭昭，只教人放下，我已两手空空，何谈"放下"？如今我这才明白，往日的得不到与不甘心，在书籍与音乐的发酵下，剩下的只有一句"算了"。一辈子太长了，长得不问来路不问归处，在平淡如水的日常中能榨取几分温情就已值得感动。

所以我是幸运的，对啊。有幸我余生还能看你们长大，从两个圆滚滚的小团子长成能独当一面的男子汉，有幸我们还能分杯对酌，像朋友一样互相诉说。多希望能长久地陪伴，咱们一起长大！

当我在书桌前写下这些文字，停下了笔伸了一个懒腰，想着起身去给你俩热杯温牛奶喝，再叫两个"小怪兽"起床。抬头看去，窗外雨潇潇，四月漫上了人间。

四月某日清晨于书房

写给一对幼子的信笺终于搁笔封印，窗外正清明，酥雨打窗。

书稿捋得整整齐齐，平放在桌子上。一盘棋，一方砚，一杯淡茶握在手里，枕着清明的凉意，窗外渐隐的雨脚浣漫着安宁，这一刻，没有想法。

你们的呱呱坠地，仿佛是谁从天上抛下的一份礼物，我初为人父，知信而热泪盈眶。你们带给我清风万缕，阳光千片，我感到再获新生。其实这用于多数命题似乎都挺合适的，当你放下执念，不想再追逐，当你终于适可而止的时候，却在某个未名的拐角处，与美好撞个满怀。

最应该被感激的是孩子，能够卸下层层戒备，只管去付出不设防的爱，对我来说是一种解脱。

生而有幸，自当珍惜。

看着眼前虎头虎脑的你们，生命的热烈仿佛理所应当，好像这漫山遍野的初绽的时光，把料峭的春寒定格在薄雾浓云上，那洋洋洒洒的笔触，自是因绽放而灿烂，因福泽而芬芳。你们一定是带来了什么，要不然怎么这么些年，花总开得这般好。

你们问我，什么时候才能长得跟我一般高？其实孩子，每个人都应该有一段嘹亮"放肆"的人生，虽然每个人对嘹亮"放肆"的定义不尽相同，但这个嘹亮与"放肆"，是你们肩上的清风与头顶上的浩渺星空。

我不敢妄称经历过大风大浪，只是生命的旅程比你们先扬帆了几十年。生命太长了，太多的谈资从来只有开头而没有后来，终究都是扼腕缅怀，都是假象。

我也像你们一样，"少年不识愁滋味"，"意气凌九霄"，以为梦想和抱负一直在远方。于是，向天空用力伸出枝杈，甘愿栉风沐雨，丝毫不畏惧风雪冰雹，只希望有一天扶摇直上。

我曾经"座中客常满，杯中酒不空"。我也曾感叹"亲朋无一字，老病有孤舟"。我也喜极凌云壮志，我也恨透入骨相思。

孩子，有一天你们也将放歌纵酒，青春叱咤；有一天你们也会看尽飞花满地，落木无边。无论你想拥有何样的人生，请不必压抑你的情感，即使在梦想不甚清晰的时候。有的人延续着少年的梦想，默默扎根，默默在心里画上年轮，这样的人很幸运，这样的做法也是值得尊敬的。有的人，则是一直在路上，在寻找，找到的时候欣喜若狂。现在，你们刚刚踏上征程，如果你们愿意去冒险，走到一条大雾弥漫的路上，最坏的结果是什么呢？一无所有？可人慌慌张张来这人世间走一遭，又"有"什么呢？又或许你更愿意按部就班，过一种不会"有所失"的人生。当你停下回头看看，你却不知自己失去的究竟是什么，不再失去，也是一种富足。这大抵是无所求，方才满载而归。

人生的内涵很丰富，丰富到我们如何选择都不应该会后悔，总前瞻又顾后，才会忘了赋予身下的脚印一个意义。

那时似在世外的花丛树间，我总是百般厌倦，现在却想找这样一处烟雨归舟的地方，只看静水流深好了。那时的人烟格外令人珍惜。年少的我向来只爱陌生人，尤其是陌生人的微笑，犹如清明前后久违的阳光，从不热烈，却从未被人忘却。

微笑，我记得那时让我心醉的微笑。你们呢，以后也会遇到这样的微笑，也许吧？我知道这不是我的幻想。

我的两个"小怪兽"，说到这点，你们也许会不好意思地捂着嘴咯咯笑吧。你们可能觉得现在为时尚早，但是爱情啊，从古至今都是最隽永美好的事情，如同庭院前流转了千古的白月光，月亮虽从不属于任何人，但每个人却也都曾被真真切切地照亮过。凝情笔墨，写不尽地长天阔；鸟鸣风吟，唱不完此心情多。"愿我如星君如月，夜夜流光相皎洁。""心似双丝网，中有千千结。"

"困人天气近清明，花信风来拂面轻。"

花有信，花之品格。人有信，是人生而为人的宝贵品质。"人而无信,不知其可也。"孩子，你们在人生旅途中，可能学会众多本领，接触很多价值观和世界观，也许到那时我要花很大的功夫才能猜到你们的小脑瓜里在想些什么。但我希望你们能够温暖地活，希望你们尊重但不拘泥于传统，希望你们有很多朋友，希望你们能真切爱一人，也同样值得被热爱，但是不论生活形式如何，人之为人的核心品质是诚信，言而有信，与朋友交而信，就像这个清明，花信不负看花人。

"留得却缘真达者，见来宁作独醒人。"

孩子，我愿你们有花看，有酒吃；有回首，有来日。长风破浪会有时，心悦君兮君也知。宁静以致远，淡泊以明志。

待到看懂岭云聚散之时，自能领会你们的人生需要怎样的珍惜。像这百里花海，我年少轻狂时看不见的境地和品格，回首时发现早已融入骨血。百里花海，永远属于你。

只遗憾路途太短，才把脚步放慢。但你们不急，还在路上，也总会在路上。

如果永恒只能停留在这一刻，也好。

清明于书房

　　清明过，世界愈发向白昼倾斜，天便暗得晚了些。梅雨时候，看着窗外不肯平息片刻的雨点，没一会儿便入了神，以为自己坐在甲板上，穿过滔天巨浪的永夜，就着海上雨幕里的灯塔微弱的灯光提笔写作。冷风透过未关紧的一丝缝隙，让我结结实实打了个冷颤，收了收飘忽的思绪，再向窗外看去，灯塔的光已远，手边的一杯茶也已凉了。

　　任何一种仪式，无论它承载多么深刻的文化寓意，有着多么美好善良的教化，如果它不能与美感结合，与人性和灵性相通，迟早也会因失去人心指向的滋润而枯萎。花神的慈悲和世俗的欢乐融为一体。我至今认为祷福声中花瓣随风飘散是天下最动人的场景。众生皆苦，众生皆美。花是时光流逝最好的证明。

　　我看着窗外，人流车流，我曾走向他们，成为他们中的一员；也曾走出他们，一步一步穿过荒野。无数的花朵陨落人间，来了又走。但是人们从未停止对花语体系的塑造。花是脆弱的，却因为和大地、生命的关系，一种最为朴素的关系获得永恒。任何时间，任何角落，鲜花构成的体系都诠释着我们凡俗肉身的价值和尊严。因此，我们生命的每一个节点，鲜花都不会缺席。如果可以，我希望远方有湖，深而且蓝，有铺满青草的群山，昏鸦在落日下的屋檐低飞。

在这个意义上，我们需要由衷地感谢百里杜鹃，因为百里杜鹃的繁华拉近了人与神的距离，让梦境变成了具体的存在。

我相信万物有灵，花神的耳朵听得见尘世中的任何一声低语，红尘中的一切喧嚣，却将在花开花落中回归平静。花神的存在让我们领悟了生命的本质。有时觉得，茫茫宇宙间的一切我都早已知悉，有时又觉得，一花一木都是永不可解的迷。

牵着言儿信儿回去的路上，想象自己也是一朵杜鹃花，一步一步踩在春天的鼓点上。落日余晖衬托得天际是迷蒙的靛蓝，绵延起伏的群山间有海浪的暗影，道路两旁的杜鹃花，又一朵朵发光，压倒了所有星辰。

无数的鲜花构筑了这个灿烂的世界，人心因此有了色彩。人们用无数的美好语言赞美鲜花，其实是赞美我们自己。我们需要一种勇气，一种美的勇气去战胜命运。天下文人古往今来已经写尽了对杜鹃花的赞美。杜鹃花是人们眼中的君子之花。君子是中国文化的最高追求，是中华文化灵魂的故乡，是中国人的人格理想。做君子不做小人是中国文化的蕴藉。因此，对百里杜鹃君子之花的赞颂，实则是对中华文化的有效传承。有人曾经问过我，你就敢保证自己的言行举止真的全都知行合一吗？这个倒是不敢保证，因为一个人在面对社群领域的发言和举止有两种，一种是事实判断，一种是价值判断。所以，君子是一种修行，是一条不断重塑自我，成住坏空的路。但这是我对未来的期许，也是我给孩子在百里杜鹃写下12封家书的重要原因。

这些，可都是生命中天大的"小事"。

古往今来不少文人墨客将杜鹃花视为君子之花。"君子、小人本无常。行善事则为君子，行恶事则为小人。"

《贞观政要》里唐太宗李世民教导儿女们要做君子、不做小人。这是中国文化。因此，对百里杜鹃君子之花的赞颂，实则是对中华文化的有效传承。做人，是永恒的起点，也是永恒的终点。做君子，是一种修行，即是起点，又是终点，更是我对一对幼子的期盼。我还记得自己年轻时想过要做什么事，多么有意思，这么快就轮到现在的你们了。

长大是一个不断"缩小"的过程，我们周围的世界在缩小，黑夜与白昼的间隔在缩小，远方的距离在缩小。连带着对世界的幻想也缩小了，这是在说，对于我这个岁数，所谓的真相已经不那么重要，活在更为简单的世界里，云淡风轻，从容有止。相信自己所相信的就足够是一种幸福。但关于成长最令人费解的部分就是还会感觉自己如此年轻，然而岁月不饶人，漂泊半生，每一次都是雨打归舟。

夏至雨夜于书桌前

百里杜鹃

花间阡陌·山水归程

清晨阳光洒满群山

杜鹃花开开满山岗

燕子呢喃飞过彝人的村庄

一路花香莺飞草长

夜晚来临灯火阑珊

虫鸣悦耳湖水荡漾

篝火燃起爱意飞扬

月琴欢歌忘掉忧伤

花间阡陌

山水归程

一片花瓣一丝心香

花间阡陌

山水归程

身在远方心在家乡

第一章

—— 风中的杜鹃花

凤舞天香

高原长风在岁月无边地吹，日夜无尽地吹。春风吹不尽，总是杜鹃情。它弘扬着杜鹃花的香息，送行飞瓣的脚步，不息地掀动花海春潮，咏叹着沧桑高原的青春永驻。

The long plateau wind blows endlessly over the years, day and night. The spring breeze comes around, with the love of rhododendrons. It promotes the scent of the flower, sends off the steps of flying petals, constantly stirs the spring tide of the sea of flowers, and sings the youth of the plateau.

言儿信儿：

给你俩讲一件趣事：你俩猜猜今天为我"叫早"的是谁？

告诉你，是风，高原长风！

昨天酣畅爬山，换得一夜酣睡。上床时计划的是第二天上午"自然醒"。结果浓睡未消旧乏，还是被"叫早"了。唤醒我的可不是民宿主人，而是这徜徉山间谷底的——风。

还记得我给你俩讲过欧阳修《秋声赋》里面的秋风："其触于物也，铮铮铮铮，金铁皆鸣；又如赴敌之兵，衔枚疾走，不闻号令，但闻人马之行声。"这里说的是秋风，足以让悲秋人难以安卧的秋风。现在让我不得安卧的，是高原澹荡的春日长风。

窗前的竹帘一拉沙沙作响，日光和绿意透过帘子蓬松地游进来。推开窗子，一股天地浩然之气，扑面冲鼻，荡胸振神。强劲中饱含亲厚，豪爽中浸满温润，让人在一瞬间如同吸纳了天地能量。我兴致顿起，披上了外套，匆匆走出房门，奋不顾身地投入这高原春风。

真正走入长风，瞬间想起，如此大风，如春花何？风骤问落花，这也许是每一位惜春人的条件反射。

抬眼望去，山间花海正在随风起舞，那是色彩漫山遍野的旋律，是生命咏叹天地的舞动。草间，没有落花成冢；路旁更不见病姝葬花。

原来，与高原长风万年共生的高原杜鹃花不是怯懦的避风畏飙者，而是矫健弄风儿，同涛头弄潮人别无二致。

高原峡谷汹涌着春讯。杜鹃花林覆盖的山丘在长风中如同巨澜洪波，行潮奔走；也如同大地的胸脯因激动而喘息起伏。此刻的高原长风弥漫而来，风头打平了锐利，风声默息了嘶喊，是浑圆的滚涌，是沉吟的铺展。

长风推动无数茂草花树在摩擦中汇成绿色的潮音——就是"潮来天地青"的那种潮音，那声音是一种无边无际的清润爽朗，是六合舒畅的絮然共鸣，不讲韵调，无须节奏，就这么漫然入耳，轰然醉心。此刻发出任何人声都是愚妄的，无论你是狂喜，还是痴迷，你的发声会成为一个琐碎的亵渎，一个渺小的冒犯，绿色的潮音当然会完全忽略一切外在于己的杂音，发声者只会让自己显得愈加猥琐而渺小。没有任何源于人类的声音能够跟这样的"天籁"同日而语。只有杜鹃花树随风舞动着自己，让每一片叶子、每一朵花蕾都发出与天地谐振的奏鸣，她们在倾听自己与追步天地中完成了最佳表演。

在花与叶的潮音中，恍惚间想起苏东坡那句"身如受风竹，掩冉众叶惊。"

在人群里，善于倾听是一种修养，在自然里，学会倾听则是一种境界。人与人之间被山和海隔绝开，有不同的语言和信仰，所以才让理解和包容变得那么珍贵。风中花簇的低语，也是如此。

长风的拥抱是通体包裹式的，遍及四肢五官，让你感觉身轻体醒，逸兴遄动，几乎渐入羽化飞升之境。

高原长风的起源何在？是天的尽头，抑或时光的原点？

长风不问来时路，归去亦任天地宽。

风依然舞动花海潮汐，观花者心灵的经幡在花海上空随长风飘舞，灵性由此升腾。

黎明的曙光审视着青铜色的远山。曙光与远山仿佛知道风与花的晨曲会选取怎样的和声走向，在充塞六合的"动"中，曙光与远山静静欣赏。这无言的启示让我在肃然起"静"中蓦然回首。山都是美的，不管哪座山，从远处看都是一样的，但自己一步一步爬上去，用脚印去丈量这山峦的高度，总归是大不相同的，还有远处山脚下平缓的原野和这片花海。

唐代诗人施肩吾《杜鹃花词》写道：

杜鹃花时夭艳然，所恨帝城人不识。
丁宁莫遣春风吹，留与佳人比颜色。

诗人极为珍爱杜鹃花，叮嘱春风不要吹残艳蕊，以便留下花容与佳人媲美。

这位怜香惜艳的诗人面对的是"帝城"里的杜鹃花，或者说，诗人拿出习惯性思维，心里还满是"朔风如解意，容易莫摧残"[1]的那种爱花之意。

大诗人白居易也有相似的习惯思维，他这样抒写自己的惜花之心：

才应行到千峰里，只校来迟半日间。
最惜杜鹃花烂熳，春风吹尽不同攀。

白居易也觉得，杜鹃花一定"怕风"，他为杜鹃花被春风吹尽而深为惋惜。

百里花海的杜鹃树一定早就明了因风修为的妙理。她们在高

---

① ［唐］崔道融：《梅花》。

原秋风、冬风的严峻抽打下珍重自守，在高原春风浑厚的推揉中乘时起舞，拔干伸枝，绽蕾舒蕊，成就自己的生命事业。诗人黄庭坚写道："玄关无键直须透，不得春风花不开。"①百里杜鹃及时绽放原本就是长风送暖的杰作，高原之春本就是风与花的合体，杜鹃花在春风万度中早就透心领会"不得春风花不开"的天理。当然她也深明何时随风而去的大义。但诗人们总是不甘心，"谁人为作留春计，莫放风花自在飞"②。诗人认为，留住春天的办法就是让风与花不要自在飞去，希望约束她们离开的脚步。万年修为的杜鹃花当然懂得，在风中绽开，也在风中放飞，那是造化的大义和至理。"纵浪大化中，不喜亦不惧。应尽便须尽，无复独多虑。"③看到杜鹃花树在风中潇洒起舞，看杜鹃花瓣随长风奔行天涯，便知道她们的心与五柳先生是相通的。

杜鹃花本来不以花香浓郁相标榜，可是此刻你却觉得，花香如涛，花气袭人。那或许是气质资蕴，风格生味。对杜鹃花而言，风格就是馥郁，气质就是芬芳。这份花香自然深沁肺腑，让人永志不忘。宋代诗人孙应凤曾在著名景区写下感言："他年记此际，风花带天香。"④诗人此时此地的观赏在他年忆起之时，最深的印象会是春风春花中含蕴的"天香"，这成了最是意味深长的活性记忆元素。这里的"天香"最好解释为源自天界的香气。我今日今时的感受就是：杜鹃花海的春日花香就是"天香"。此香只应天上有，人间哪得几回闻。

---

① ［宋］黄庭坚：《再答并简康国兄弟》。
② ［宋］杨时：《宜春道上》。
③ ［东晋］陶渊明：《形影神·神释》。
④ ［宋］孙应凤：《虎岩纪游》。

宋代诗人丘葵《杜鹃花》诗云：

望帝千年魄，春山几度风。
声声向谁白，岁岁作花红。

诗人认为，灿烂杜鹃花是啼血杜鹃鸟的魂魄。春山不知已经吹过了几度春风，杜鹃鸟依然在风中不知疲倦地啼鸣。啼鸣千年的杜鹃鸟不知到底在向谁表白，到底要表白什么。鸟有鸟的道理和话语，她找不到知音，只有把自己沉积千年的心事开成年年吐红的鲜花。花的坦然绽放成了鸟的心事陈说。风成为鸟心花语的传播者，让人聚精会神地感悟高原鸟语花红的箴言。

长风中，高原如时光之舟，搭载万类生命，向命运的彼岸驶渡。亘古以及其中包含的沧桑，从无停歇，不断辗转。花海杜鹃以傲立的风骨为樯，鼓舞每一个登上命运之舟的过渡者都能够"风正一帆悬"。每个过渡者都在阅历凝智，打开胸中暗锁，心中希望的种子会更为豁达地向高天阔地播撒，落在灵魂皈依之地萌发。

老子说："飘风不终朝，骤雨不终日。""飘风"便是强劲急骤的风。高原长风很知道"势不可使尽"的哲理，晨起的飘风会在午后暖阳中打个盹儿，欠伸之间出落一派轻柔的"风姿"。这时的柔风会时发时停，暖中带凉，似温还清，像一个不知道怎么打发假期的小女孩，有一搭没一搭地，跟你讲她的奇趣和无聊。在你听来，那奇趣确实不怎么奇，那些无聊倒是蛮有趣。有的时候，人就要说一些无聊的话，做一些无聊的事，这是因为这些无聊的事情，组成了我们生活的大部分。

在杜鹃花树下闭目安坐，倾听微风中蜂蝶在讲述杜鹃的故事。谁知道这故事蜂蝶们已经讲了多少遍呢，反正你听着觉得新鲜就好。明年再来，蜂蝶们一定还会重复着已经化为去年的今天的故事。明年之我显然已经不同于今日之我，于是，新我听旧事，化合物仍然为新。对，"年年岁岁花相似，岁岁年年人不同"。只等清凉的风穿过山谷奔来，撩动花团树梢，化作百里杜鹃的漫天花雨。

树下小憩的人在迷迷蒙蒙的幻思中，一树明花会幻化为一帘幽梦，一条偶然飞来的问候短信便犹如一瓣祝福平安的心香。心思如许幻化，全都赖这个风。

高原之风无论是长帆劲驶，抑或微拂柔飘，那都是高原飞翔的速度，是它的文武之道，一张一弛。在张弛之间，它送一团团蜂拥的山雾幻化为舒卷的白云，它送一朵朵舒卷的白云达到新的高度，它开扩一只只山鹰的旅程，它清扫一片片飞花的归宿。于是，山雾飞升，白云飘举，山鹰远行，飞花聚散。

风是流动的存在，杜鹃是生长的美丽，这也是他们所交汇的原因，风在杜鹃花瓣中穿梭，花瓣在风中自由。在流动的鼓励中生长，在美丽的生长中存在。那是她们情景交融的岁月与命运。百里杜鹃花海千百年讲述着风与花的故事，不是传统的风花雪月，而是风潮花涛的壮阔传奇。高原长风在岁月无边地吹，日夜无尽地吹。春风吹不尽，总是杜鹃情。它弘扬着杜鹃花的香息，送行飞瓣的脚步，不息地掀动花海春潮，咏叹着沧桑高原的青春永驻。

暮归时的山是蓝色的，薄亮透明。风中的杜鹃随风摇曳，长风拂过，满山的杜鹃留下风的形状，繁花纷纷凋落，稀稀落落，在无人的山间轻轻飘过，如只为山间清风点燃的烛火，小小的光，火花都裹进了风里，不见花落，耳畔却仍有花落的声音。但这都不重要了，最重要的是，你闻，今夜的风里满是杜鹃花香。

早春某日于白马坡

马缨杜鹃

是你让我变得更美好丰盛。
You make me beautiful and complete.

马缨杜鹃花语：容颜为繁荣
代言而灿烂，生命因祈福人
间而芬芳，绽放是响彻天地
的欢笑，炫美是人间永远的
吉祥。

The look is splendid for re-
presenting prosperity; life is
fragrant for blessings in the
world. Blooming is the laughter
resounding on earth, and beauty
is the auspiciousness of life.

跟高原花海雨选择一场这样的相逢，是后现代式的自由，也源于前现代的抒放。在前现代与后现代之间，你是一个从历史走向未来的"在场者"。就像杜鹃花树站在此刻的雨里，实际上是与往昔无数已经老去和未来将无限新生的后辈站在一起。这全靠高原花海跨越时空的汇合。

Choosing such a meeting with the rain on the plateau is a post-modern freedom, and it also stems from the pre-modern expression. Between pre-modern and post-modern, you are a presenter who walks from the past to the future. Just like the rhododendron tree standing in the rain at this moment, it is actually standing with countless past and future generations. This all depends on the confluence of the flower sea on the plateau, across time and space.

言儿信儿：

这几日，百里杜鹃花海下雾了，晨雾。

如果是你在家里写日记，也许会在首行标明：本日"霾"，然后关紧窗子，继续安静地写字。

但你们知道吗，纯粹的雾可不是霾。霾是各种化学废气细微颗粒物的混合体，雾是纯洁晶莹的小水滴汇聚漂浮。

百里杜鹃花海区的高原之春，持续着冷暖交锋，于是阴晴不定。一日未始，你无法预料，阴与晴，哪个先来；一日将暮，你不知道，雾和雨，哪个后走。也因此，在这里，要善于雾里寻芳，雨中看花，否则就辜负了这内涵丰盈的无尽春意。

在晨光熹微中步入浓雾，面颊仿佛粘上了古洞蛛网，轻柔粘连却不见异物。拂之可去，迎之又来。你不管不顾之时，雾又是润肤贴心的存在，于是也就不管不顾地举步深入，去探望眼中已不见，心中很惦念的雾中杜鹃花。

大雾遮盖万有，灿若云霞的花海在雾的裙摆下也几同无物。晨间的雾气，在清冷的山风中游龙般缓缓徘徊，朦朦胧胧的，就像杜鹃花树在很多年里，在浓雾中低语，虽看不清来路去处，却开放如故。当人试着走入这花与雾的迷藏，瞬间一切都消融了，整个世界进入了盘古开天地之前的混沌。进入这样的雾，逐渐会觉得人间已经步步远逝。

这雾从远古走来，在人烟繁华的当今又造成了寰宇混沌，那是一种返古之感，天地再度玄黄，宇宙又成洪荒。

这种大雾里，视觉动物丧失了方向坐标，找不到行动参照，由此会产生无依无靠的沉没感，无着无落的淹溺感。这时偶尔有不知名的山鸟吹一两声口哨，那会让人觉得这简直是灵魂的召唤，先知的启迪，让你瞬间摆脱那淹没般的孤独，心里刹那通明，推开迷障便是鸟语花香！

说好的雾里寻芳呢？

几步外，山岩旁，杜鹃树披纱静立，走近方可细读芳容，同一株树上竟然是花分五色：绯红、淡红、乳白、嫩黄、浅紫，浓雾都不能蔽其光彩。让一位天香之姿再乘以五倍的国色，怎样的福缘才能得此一遇。这是为华美而造就的禀赋，这是为灵秀而融汇的基因。高原造物何其神奇！

雾中杜鹃花树以优雅而瑰丽的镇静理智地启示：花山雾海不是宇宙洪荒的降临，花海春雾原是一片空洞的实体，是一团没有质感的柔软，是能够涵养一切硬性存在的包容。

浓雾中，杜鹃树深翠的叶子上，鲜丽的花瓣上，都布满露水。露滴不是那种细小似米粒，而是晶莹如大珠，大到以水的凝聚张力为极限，增之一屑就会垂落。满叶满瓣上就是这样盈盈欲垂的大露珠，数不清的雾点还会慕晶而聚，于是，到达重力临界点的大露珠在"不可承受之轻"的作用下坠落，叶梢瓣面腾出来的空间马上被下一个大露珠滚占领，接续下一个不胜重力的坠落。于是，无数这样的坠珠成雨竞落，化为杜鹃林里的"雾露雨"，竟然也是纷然不绝，足以湿透春衫。

严格说来，浓雾是趁夜占山，不是临晨方生。旭日升起后，山风无中生有，弱中加力，于是雾幕逐渐裁成雾团雾缕，纷然升天，不知何去。杜鹃花树上的露珠摇落也纷然不绝。

俯身寻看雾露雨的落处，草间石缝似乎可见不断有淡淡的雾气氤氲浮出。至此方知：这雾乃草木灵气所凝，山岩精魂所聚。

这样的雾一经诞育，便胸怀问天之志。一旦起步，便没有返程。风中，飘飞的雾不喜欢沉重的记忆，也没有确切的未来，却被无法关闭的展望所驱使，去拥抱每一座厌倦了孤独的大山，去填满那些一直抱怨人间不平的沟壑，然后在每一朵杜鹃花上莹莹欲滴间归隐。

雾气在由浓变淡的幻化中，花海像在翻动无数张水彩画；天风挥动的雾缕更说得上是"天下第一行书"：在百里杜鹃海一样的花笺上，布幅无边，真趣运笔，本乎天道，大书无字，犹如大音希声，大象无形。

雾团雾缕让山在隐现中灵性荡漾，让花在飘动中绰约多姿。

看着雾在花海上团飞缕卷，这时你会相信，这雾是岁月香炉里飘出的时光氤氲，在为花海年华做青春祭献。谁知道每一株杜鹃花树会不会都有自己的一缕香魂？山民们不是年年都隆重地"祭花神"吗？在众香国里，有神则魂。

这里晨时多雾，白天就可能落雨。百里杜鹃花海生长在石灰岩的基床上，土层瘠薄，植物营养大多在群落层面上交换，水的作用就特别重要，是植被生命活动的主要保障。雾水雨水都是这里的生命之水。

在日常生活里，碰到天下雨了，该躲还是要躲的。

在传统诗文里，写雨也大多是坐在屋子里观雨听雨，是以"躲雨"之态而描摹雨。这跟雨既有物理距离，更有心理隔阂。打着伞出去看雨而写雨，也等于是撑起一个轻便的遮雨屋顶。总之都是躲在雨浇不到的地方跟雨对话。也许世间最动人

19

的举止，是在雨雾弥漫里亲眼目睹行人被雨点打湿了素衣却依然决意打伞出门，走入滂沱的雨里。

在百里杜鹃花海之春的下雨天，你无法安静地坐在屋子里听雨，你不由得跑出去看雨，看花，看沐雨的花，看花海上的雨。

花海的雨需要走进去，扑上去。不能撑伞，那会妨碍你看长天泼雨。伞顶上雨点敲击如鼓，会妨碍你聆听花海激雨的放诵。不要管劈头盖脑，也无论遍体透淋。在这原高海（花海）阔、风雨接天的奇境，人生能得几回淋呢？

中国古典诗人特别害怕风雨摧花的场景。"未落仍遭风雨横"[1]的花朵会引发他们无限惆怅。花海的杜鹃不太习惯这类怜悯，她们在风雨中生长，风雨中茁壮，风雨中美丽。她们在无边的共生竞赛中歌唱着："寄语洛城风日道，明年春色倍还人。"[2]

世上没有两片相同的杜鹃花叶子，也同样没有两滴相同的高原雨点。无数不同的叶子和无数不同的雨点敲击出一场浩大的高原天地合奏。你是这合奏中一个行走的音符，每一个深深浅浅的脚印都是这花雨合奏的音符。

走累了，便选一棵年龄相仿的杜鹃花树，与之并立，默然仰面，雨线如箭，冲眸而来。眸视中深空无限，宇气通窍。这情形如同王阳明先生"格致"竹子。但你不想以此通晓"格致"之理，只想丰获赏雨之兴。

杜鹃花树没有任何杂念，只是率领自己所有的叶片与花朵，为自己淘灌苍冥之赐。

---

① ［唐］白居易：《和雨中花》。

② ［唐］杜审言：《春日京中有怀》。

跟高原花海雨选择一场这样的相逢，是后现代式的自由，也源于前现代的抒放。在前现代与后现代之间，你是一个从历史走向未来的"在场者"。就像杜鹃花树站在此刻的雨里，实际上是与往昔无数已经老去和未来将无限新生的后辈站在一起。这全靠高原花海跨越时空的汇合。所有来过的和总会到来的生命都将在共识的风景里相逢，大家头上都共沐一场淋洒万年的雨。

树下堆积的花瓣早已被雨点浸透，丝丝鲜红沁入土地，黄昏的梅雨后，渐渐隐没的雨脚浼漫着安宁，有月光慢慢地爬上花头树梢，月下的杜鹃一头潜入这夜色中，做了几个深呼吸，撩动了在林间小憩的虫鸣，周遭又开始嘈杂了起来。

这直淋式的赏雨之感必须亲历而得，不能以话语形容来让渡体验。这就是为什么人们即使接受了极其生动的免费"讲景""摄景"，也还是乐意花很多钱去亲历景观的原因。

公元1082年是苏东坡贬谪到湖北黄冈的第三年。这一年农历三月七日，东坡先生外出道中遇雨。事先准备的雨具被前行的人先带走了，同行的人被浇得很狼狈，唯有东坡先生感觉很不错，挂竹杖，踏芒鞋，在雨中吟诵啸叫，走得自得其乐："莫听穿林打叶声，何妨吟啸且徐行。竹杖芒鞋轻胜马，谁怕？一蓑烟雨任平生。"①千古之间，苏东坡是少有的懂得赏雨的人，在雨中真正打开了自己的人。这种懂雨在于但不限于他行走雨中却不用雨具，更何况他没有雨具而并非主动选择不带雨具。他把没有雨具的初始无奈转化为享受雨中不用雨具的潇洒与自由，达到了淋雨

---

① ［宋］苏轼：《定风波·莫听穿林打叶声》。

胜躲雨的境界。

哪怕已经是仲春时节，只要一下雨，高原气温就会骤然降低。此刻的高原春雨绝没有黄州仲春的江南细雨那般柔润温软，苏东坡式的"吟啸且徐行"不能在这里拷贝。高原淋雨之冷是存在的，在发抖中大笑而去是属于你自己的境界，是你乐意跟高原春雨如此相处；在抱着肩膀的瑟缩中依然冒雨访花，你才打开了雨中的自己。

在百里花海，需要读懂雾，拥抱雨，才能看懂花。因为雾是雨的升华，雨是雾的提纯，花是雾和雨的精魂。

言儿信儿，愿你们的心灵常有春雾的擦拭，春雨的洗涤，春花的香薰。但并不要因此就仅仅满足于做一个自我精致化的旁观者，要活得足够通透。人活着，就像一场宏达的隐喻，踌躇着等待一场场可能并不会来的雨，早早地备好了伞，待到从发梢到脚下的尘土，一寸寸没入沉默的雾气，雨真正漫过屋檐时，却甘愿把伞随手放置一旁，就这么闯入雨中。

雨水于初水花源

突然袭击式的料峭春寒，冷凇凝雪可以缩短某一年的花期，但不能阻止年年都来的永恒开放。

Suddenly the spring cold attacks. The frost and snow can shorten the flowering period of one year, but it cannot prevent the blooming in the future.

迷人杜鹃花语：当春风敞开心扉，当春月笑脸盈盈，当星星目光含情，都为见证一个千里难隔的相逢。

When the spring breeze is opening its heart, when the spring moon is smiling, and when the eyes of the stars are filled with love, they all want to witness the encounter from thousands of miles.

迷人杜鹃

无私的、热烈的但又笨拙的爱。

Selfless, passionate but silly love.

25

第 三 章

淞清雪洁

——淞雪中的杜鹃花

今年的凋谢只是收敛了时光里的一度微笑，下一轮微笑会带来更多的繁华。

This year's withering has only condensed a smile of time, and the next round of smiles will bring more prosperity.

言儿信儿：

如果绿色的春叶上面挂了一层霜，你是会欣赏这个奇特景致，还是会观察绿叶的受寒情况？如果看到春花上有白雪飘落，你会担心花会冻伤，还是会欣赏雪与花并存的美丽？

百里花海的花期里，绿叶凝霜和鲜花覆雪，虽然不是年年必有，但也不算稀奇。无论如何，光是雾凇霜雪与春花并列，就已足够美丽。

雾凇的描述性定义是：在寒冷气候条件下，雾凝聚在冰冷固体上形成的松散冰晶。民间俗称"树挂"。雾凇既然是水蒸气凝结而成，从分子结构上论，跟霜跟雪自属本家。

冬天气温零下二三十摄氏度的东北，常见雾凇不难理解。在年均气温零上十多摄氏度的百里花海地区，雾凇的确不算常见。雾凇自然是源于雾。看雾凇总会伴随观雾。"树挂"天气里，雾气都不会太浓，大约因为雾都"挂"到树上了，但空中总会留有一点儿淡雾，薄蒙缭绕之间看花海的银装素裹，的确美得令人发出倒吸冷气的惊叹。特别是那些高出同侪的杜鹃花，如同海底长出的高大白珊瑚树，自带非人间的风韵。

中国古代诗人把春天已经写得穷形尽相，任何大观与细节几无遗漏。唯独对雾凇，特别是大面积春花上的雾凇，诗咏甚少，因为那实在是一种超越了语言描述能力的美。清代学者宋照有《雾凇》诗云：

风寒雾下成银沙，遍糁林木垂鬖髿。①
天公知我太岑寂，先遣万树开梨花。

风寒之中的雾气化为银沙，遍洒树林，使之呈现毛发披拂的样子。好像是天公知道我太沉寂了，于是差遣万树梨花开放。意思是对的，形容得也不错，但远没能引发进入花海雾凇时那种震撼之美的实感。

古代诗人们也会偶尔写到雪中花，比如清代查慎行的《雪中玉兰花盛开》：

阆苑移根巧耐寒，此花端合雪中看。
羽衣仙女纷纷下，齐戴华阳玉道冠。

诗里说，玉兰花从仙家花园里移栽过来，因而奇巧耐寒，这玉兰本来就特别适合在雪中观赏，在雪景中看起来，她们就像是众多穿着羽衣的仙女纷纷下凡，都戴着"华阳玉道冠"。

淞雪中的百里杜鹃，绵延不绝的花林被薄薄地覆盖了一层白，正是风雪初霁，棵棵杜鹃被残雪压枝，面对一路追赶着的春寒料峭，杜鹃却不移半分。地上是银色的霜，枝丫却是白雪满头，每一次恍惚转身，仿佛都能在这被大雪覆盖着的杜鹃树林间看到一个模糊的身影，赤足走在绵延百里的雪地里，踏雪寻春。

百里花海的雪飘下来，并不是如北方春雪那样的大片联翩，飘悬轻舞，而是如粉如霰，纷扬细撒，山渐显微白，树渐

---

① 鬖髿：读作sānsuō，指毛发蓬松貌。

30

显白，近处落在地上的雪，可以看到很快便融化，湿漉漉的。雪夜初霁，山间弥漫起雾气，林中偶有虫鸣鹿啼，一声两声，转瞬便淹没在又下起的雪声中。

最为吸引春游者的雪便是落在杜鹃花朵上的雪。初落到花朵上的雪粒会有一小部分被绒绒的花瓣表面粘附，并很快融化，凝如露珠。雪霰继续洒落，粘在露珠上，花的体温很快就不足以融化雪霰了，露珠与雪粒混合为晶莹透明的"雪泥"，驻留在花朵的迎雪面上。雪泥逐渐增加，花朵先是额头覆雪，然后是脸颊敷雪。这时候你会祈祷，雪不要再大，那样会裹住花朵的整个脸庞，再大就会变成雪对花的"活埋"。

当雪还在融为露珠的时候，鲜红、粉嫩、淡紫的各色杜鹃花，大家都是"一枝红艳露凝香"的美。当不再融化的雪覆上花额，每一朵花都呈现娇春红颜，用白玉作为发饰，妆成刘海的俏丽。当绿叶已经低垂变色，白雪敷上花颊，一株杜鹃花便如披戴雪貂风帽迎风出塞的昭君了。

仔细观察，雪中杜鹃花在绝世清艳中还是会深涵一种凄婉神情，无论人的主观解读强加她们多少鲜丽。

对于春天里的芸芸赏花人而言，雪中看花的冷与暖，红与白，春与冬，这些截然对立的东西瞬间同框，一体并存，极尽新颖之能事，实在是赏兴大发的幸运！

但刚刚逝去的漫漫寒冬里，多少生命在冰雪的甲骨上，刻写关于春天的卜辞。终于等来了春天，却还要雪霰加身。于杜鹃花自己而言，一定不算是愉快的体验。

绝大多数雪中观花人不会替花着想。宋代学者李觏是难得一见的雪中怜春人：

暖气来时柳眼新，一场冰雪更愁人。

要知真宰无诚信，取次东风未是春。①

本来暖和的气息中，早生的柳芽已经睁眼望天。可是一场冰雪突然降落，实在令人犯愁。这简直就是造物主不讲诚信，本来一场接一场的东风都已经吹过，竟然还不是春天！你让按照春时节令而生的万物如何受得了。

对于花海杜鹃花而言，雪毕竟代表寒冷，激烈降温终究是伤害，无非就看能否经受得起这样的伤害。伤害之后，能否休养恢复过来，再度盛开。

中国数百种杜鹃花，其中多有耐寒品种。百里花海的杜鹃都名列其中。2008年年初的南方雪灾后，百里花海的杜鹃花们浴"雪"重生；2017年百里花海花期飞雪，杜鹃花们依然扛了过去。至于寻常年景的含苞待放时节遇上一点儿薄凇轻雪，那已经不过是挠痒痒罢了，因为生境已经把她们锻炼得足够坚强。

在云贵高原的黔西和滇东北邻接带上，每当进入冬季，从孟加拉湾北上的印度洋暖湿气流与西伯利亚南下的干冷寒流交汇，形成滇黔准静止锋。锋前是阳光明媚的云南，锋后是阴雨寡照的贵州，锋面之下的乌蒙山区于是常有白雪纷飞，霜凇妆世。这样的凇与雪有时会延续到春天，于是，乌蒙山区的百里花海在春天也不免时有霜凇，甚至飘雪。

百里花海中的杜鹃树不能要求印度洋和云贵高原适应自己，那就只能让自己去适应大山与大洋。以自己的进化努力，让自己有能力在其中乐天知命，成为百里花海中领袖群伦的优势物种。

---

① ［宋］李觏：《雪中赠柳枝》。

杜鹃在这样的地方抗寒，不是靠唯意志论的蛮干，而是在进化中为自己准备了精良的抗寒武装。

激赏花海杜鹃花的人们，大都会严重忽略那远说不上挺拔的杜鹃树枝干与并不秀俏的杜鹃叶子。然而，就在那枝干叶中深藏着杜鹃花抗寒的秘密。枝干的糙皮硬纤维容易理解。那并不秀俏的叶子确实结构精巧，心机细密。

杜鹃树的叶片不算厚实，但里面却巧设机关。叶片的上表皮角质层可以防止强烈阳光的灼晒伤害，同样也可以抵挡霜雪冻害。上表皮角质层与叶片中复杂的海绵组织相配合，还保证了对水分的涵养。

杜鹃树的抗寒能力也蕴藏在有关水成分的"操作"中。当低温降到零度时，普通的水会结冰，高原杜鹃的根系、枝干和叶片里的水分在零度时也不会结冰，因为杜鹃树身体里面所有的水分都不是单纯的水，而是细胞液，含有很多有机质，这些物质的含量都与杜鹃树的耐寒性关系密切。每到环境急剧降温，杜鹃树体内的可溶性蛋白等物质含量会急剧升高，能够降低细胞组织内的水分冰点温度，同时增加细胞的水合度，防止细胞在低温下脱水。耐寒性强的杜鹃树体内还具有较高的不饱和脂肪酸，温度降低时，叶片中的不饱和脂肪酸含量也会逐渐增加。所有这些复杂的生物生理"操作"会让杜鹃树体内的结冰点降低很多，以防止细胞液结冰膨胀，避免胀裂细胞组织以造成无法恢复的损伤或冻死。花海中有些耐寒杜鹃树在零下十度左右都能够存活，靠的就是杜鹃们长久进化形成的禀性。

人人都称道雪中杜鹃花之美，却很少知道，杜鹃树为此付出了多少努力，在漫长的抗寒进化之路上又花了多少心血。

许多花朵害怕风刀霜剑严相逼，那是因为自己的禀赋中没有培植抗寒能力。杜鹃花开放到高原上，这里就是她们的"香丘"。空中可以飘飞漫天大雪，但骨子里依然保持"热血"流动，心里依然如沐春风。季节可以颤抖不已，但立命之身必须坚如磐石。今年的凋谢只是收敛了时光里的一度微笑，下一轮微笑会带来更多的繁华。突然袭击式的料峭春寒，冷凇凝雪可以缩短某一年的花期，但不能阻止年年都来的永恒开放。十年饮冰，难凉热血。

言儿信儿，你们总有一天会长大，也会发现这个世界其实没有那么美好，甚至有一点奇怪，也许你们会失望，但是一定不要失去拥抱生活的热情。人生也总是难免像花海杜鹃一样遭受几场压春飞雪，但雪过天晴，依然会有日暖花红。我很喜欢的一位哲学家塞涅卡曾说过："不要为部分生活而哭泣，殊不知整个人生都催人泪下。"

不必太纠结于当下，也不必太忧虑未来，要学会用平和的、温柔的、细水长流的心态为人处世，不管什么情况下，都要有继续行走下去的果敢和勇气。

孟春三月某日于画眉岭

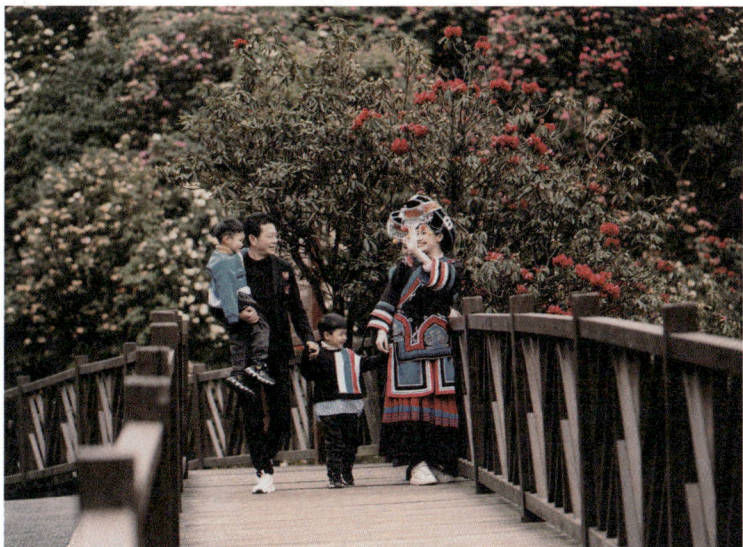

你们来这里会零距离感受风光无限的大自然，感受丰富多彩的民族文化，学会尊重与爱护各种不一样的文化价值，以便将来用阳光明媚的精神，去建设属于你们的未来社会，使之更为光明而丰美宜人。

When you come here, you will experience the infinite scenery of nature, the rich and colorful culture, learn to respect and cherish different cultural values, so that in the future, you will be able to make your future brighter, richer and more pleasant.

美容杜鹃花语：凝情笔墨，写不尽地长天阔；鸟鸣风吟，唱不完此心情多。愿我如星君如月，夜夜流光相皎洁。

Pen and ink, cannot write everything in heaven or on earth; birds and wind are singing, cannot express this mood. May I be like the star and you like the moon, like the flowing light of the night, clean and bright.

美容杜鹃

沁入骨血的不渝。
The commitment is in the blood.

百里杜鹃

花间阡陌·山水归程

第一段

孩子：

爸爸/那是什么花啊/什么花儿呀？

好像那晚霞/染红我脸颊

一朵一朵/相依相偎

为什么它们/也红着脸颊？

爸爸：

宝贝/那是杜鹃花呀/杜鹃花

百里杜鹃的/杜鹃花

天边的云霞/地上的花

把云朵摘下/吻你脸颊

（将那云霞/缝进行囊

愿你成为/自在的人

就像这杜鹃花/开在那山崖）

合唱：

花/中君子/杜鹃花

相伴/相随/开满山岗

化/作春泥/也护花

一生/守候/爱/满天涯

第二段

孩子：

爸爸/那是什么花啊/什么花儿呀？

好像红灯笼/高高挂月牙

一颗一颗/陪我长大

美梦埋树下/会不会发芽？

爸爸：

宝贝/那是杜鹃花呀/杜鹃花

百里杜鹃的/杜鹃花

红红的灯笼/树梢的花

把灯笼高挂/牵你手掌

（让那烛火/暖你梦乡

愿你成为/温暖的人

就像那杜鹃花/挥洒着芳华）

合唱：

花/中君子/杜鹃花

看惯/长风/追随着你

一/路上还/有暗香

下个/春天/它/就会回家

结尾：

孩子：太阳下山后啊，花儿会去哪？

爸爸：也/许都回到，它风中的家——

第四章

花神奉日

—— 阳光下的杜鹃花

当花海把自己活成阳光下的传奇，她自己也就成为太阳史诗中的一节华章。

When the flower sea makes herself a legend under the sun, she becomes one of the chapters in the Epic of the Sun.

言儿信儿：

百里杜鹃花海放晴了。

在寡云少雨的北方，晴是常态。在黔北高原的春季，"天无三日晴"是本地的常态，这话也是当地民谚。在这个阴雨多发的时节，阳光成了稀缺资源。雾霾里，人会珍惜一口新鲜空气；长时间阴雨里，也同样会珍惜几米阳光。稀缺时才懂珍惜，也许是人性的构成特点之一。

雾雨云变幻中的百里杜鹃花海气象万千，让人多有心得。

晴日看红妆艳抹，会当如何？

"日晴花更新"[①]。那是一定的。

艳阳下概览杜鹃花海，便如同看一片天织云锦，目力所到之处，翠底彩绘，瑰丽无边。

所以，宋代杨万里《明发西馆晨炊蔼冈四首·其一》诗云：

何须名苑看春风，一路山花不负侬。
日日锦江呈锦样，清溪倒照映山红。

他告诉你，自己眼中的一路山花"呈锦样"，那便是云锦之锦。

进入花海细部观赏，便现出丰富的色泽层次和区块。

特别是马缨杜鹃花聚生的区域，枝头千朵万朵呼唤着万千

---

① ［唐］李适：《三日书怀因示百僚》。

赤红，交织叠压，表达各自在春日里的热血沸腾。如此热血沸腾早被诗人看在眼里，恍若只春风拂过，三千杜鹃便绚丽地流转绽放出精妙艳丽的花朵，如人所言"灿烂如锦色鲜艳，殷红欲燃杜鹃花"。

杜鹃花也叫"山石榴"。唐代大诗人白居易在《山石榴·寄云九》诗中写道：

> 谪仙初堕愁在世，姹女新嫁娇泥春。
> 日射血珠将滴地，风翻火焰欲烧人。

在诗人眼里，杜鹃树是天上贬谪下凡的仙灵，是新嫁的恋春美女。而花树上盛放的赤色杜鹃花被春阳映射得好像要滴落血珠，春风吹得这红花如同火焰翻动，烈烈烧人。诗思巧奇，意象谲丽。阳光下的杜鹃花被大诗人写绝了。

白居易之后七百多年，明代天才诗人徐渭再写阳光下的《杜鹃花》：

> 烟雨艳阳天，山花发杜鹃。
> 魂愁数叶暗，血渍一丛鲜。
> 正色争炎日，重台沓绛笺。
> 春风几开落，遗恨自年年。

诗中开头把烟雨和艳阳先后排列，说的其实是烟雨之后出现了艳阳天。雨后天晴之际，杜鹃花盛放。烟雨时杜鹃树裹叶黯怅，艳阳高照时丛花绽色如血。《尚书》把赤色列为"正色"。

诗人说赤色的杜鹃花敢跟炎日争明，复瓣的花朵结构如同绉叠的绛色笺卷。这血色杜鹃花让诗人又想到了吻边啼血的杜鹃鸟，花开花落，泣恨年年。诗人的这个联想为诗中的鲜花血色又赋予了历史性的浓郁。

正是太阳的目光点燃了诗人们对杜鹃花的观赏。

杜鹃花万年颜色无改，在百里花海中烂漫更盛。春日的高原花海在距天更近处，从太阳那里汲取天火，点燃生命的野火，升腾起史诗般的燃烧。

当花海把自己活成阳光下的传奇，她自己也就成为太阳史诗中的一节华章。太阳如同黔北高原春天的指挥家，让万类合奏生命交响，杜鹃花海是这曲交响中最为光艳靓丽的声部。

多数杜鹃花都相对喜阴，强光直射时间长了，会使叶片的正常代谢机能受损，甚至造成光合作用停止。百里杜鹃花海身处两千米海拔，在阳光照射时，也就是减少了大气层两千米厚度的遮护，所受光照岂不是更强？但花海杜鹃们毫无畏惧，反倒欢快地与阳光嬉戏。

晴日里，风过花海，吹起了日光的荡漾，热浪的滚涌。而杜鹃花们没谁会依赖云的遮蔽，没谁惧怕光的灼烫，以骄阳之姿怒放。

阳光在大地平铺，似乎在杜鹃树上浓缩，在杜鹃花朵上凝聚。偶有坠地落瓣，也如同片片阳光的彩色碎片。烈日下去托拂色彩饱满的杜鹃花，会让你恍惚觉得是在抚摸高原太阳。人站在花海里，如果扬眉看天，会被头顶日光刺出两行辣泪。身旁的杜鹃花依然会鼓励你接受一桶桶兜头泼下的太阳光。

高山上，春阳如瀑，花树撑起艳丽的锦幡。山谷的花丛上，滚动着阳光的漩涡。山上山下的花海里，花色如潮。花海宁愿认为自己的波澜是阳光潮的荡漾，百里杜鹃花海是太阳家的花园。

这花明日丽的辰光，正是百里花海区的彝族同胞举行"祭花神"大典的好时节。

在百里花海的百花坪，矗立着一座高达九米的汉白玉雕像，这就是本地彝族的花神玛依鲁，她也被称为索玛蔚。在彝族语中，杜鹃花叫索玛花，花神玛依鲁被称为索玛蔚也就表明，这位花神是杜鹃花神。

几年前，以"杜鹃花神"雕塑为核心建成了花神主题公园。花神"玛依鲁"的坛位前，"千里眼"在观东西南北的天象，"顺风耳"在听四面八方的民情。花神会根据这两位神将提供的信息，做出协理天象民情的安排，保佑一方风调雨顺，五谷丰登。

花神主题公园里还有一尊尊击鼓、吹号的乐手塑像，一座座身姿丰富的歌舞铜人，那是祭花神仪式的雕塑艺术表现。每年杜鹃花盛开的时候，彝族人民都在这里举行祭拜花神的隆重仪式。

相传很久以前，天空突然出现五个破洞，洪水倾涌，淹没了大地，除神王吱嘎阿鲁以外，世上的其他人都被淹死了。为了弥合天漏，神王吱嘎阿鲁用他的神鞭，从很远的地方驱赶来大山，填塞天的破缺。他的辛勤劳作感动了上界，于是天帝派自己的女儿玛依鲁下凡，与神王结为夫妻，二人共同治理洪水。终于苍天完补，人间安澜。他们的儿女也健康成长，在岁月静好中后代兴旺。上苍认为人间已经康平，便召玛依鲁返回天界。玛依鲁实在舍不得离开丈夫和她的子孙后代，但天命又不能违拗。最终，骨血之亲和深厚爱情让她选择留在凡间，化身为杜鹃花，永远依傍亲人身旁。这朵永不凋零的杜鹃花此后衍生出百里杜鹃花海。杜鹃花成了彝族的圣花，玛依鲁就是彝族人民心中的"花神"。

每年杜鹃花盛开时节，彝族人都会选择良辰吉日，在族长及毕摩的带领下，邀约各族同胞，前往花山，祭拜花神。

祭祀队伍浩浩荡荡出发，行至祭神场地。十数位号手在花神塑像前的甬道两旁相向列队，向天吹起过山号。号音雄浑，声动百里花海，意在致意百灵，昭告天地。

仪式序幕开场后的第一个环节是"点圣火"，由到场的三位本乡耆老点燃圣火，彝家礼仪少女向前来参加活动的尊贵客人献上三色"擦尔瓦"。擦尔瓦也称"披毡"，无领无袖，齐颈套穿，像一口钟，下端缀长穗，实际是一袭不开前襟的斗篷，彝族男女老少都爱穿。出行是外套，过夜当被盖。野外放牧农作，倚岩为垫，席地可铺。在高寒山区，它既保暖，又防雨。日常穿着的"擦尔瓦"多为黑色，当它作为祭花神大典上的吉祥用品时则织造为黑、红、黄三色。在彝族文化中，黑色代表土地，象征高贵、庄重；红色代表天空，象征炽热、勇敢；黄色代表梦想，象征光明、美好、平和、欢乐。三色系统是彝族人民崇尚的色彩文化。

在祭神点圣火的时候，毕摩吟诵祭火诗。诗里传颂着彝族的火崇拜文化。这个火崇拜在世俗生活中以炊煮与取暖的家居火塘为核心；面对神界，就是太阳崇拜——那个给百里花海以无限光热与永恒美丽的太阳，那个让大地生春五谷丰熟的太阳。"天把火门打开太阳出，地把火门打开五谷熟，人把火门打开火神到，接来金木水火土。"从这样的祭火词中，可以看到彝族的火崇拜理念，以及太阳作为万火之首的崇高地位。

在祭花神大典的"请花神"环节，燃放大量烟火，天空光焰四射，广场鼓号齐鸣。在民乐合奏中表征花神降临。

在"敬贡"环节，献祭人依次向花神献上祭品。硕大的牛头、整只的肥猪、肥羊呈献到祭坛上，向花神表达虔敬，也以此祈愿民生美满，大地和乐。

主祭的毕摩在祭坛旁念颂祈福经和祭花经，表达人间意愿，敬请神明赐福。

毕摩是彝语音译，"毕"为"念经"之意，"摩"为"有知识的长者"。毕摩通晓本族传统经典，谙熟阴阳仪礼，掌握各种民俗仪式仪轨，是本民族传统信仰活动的祭司，因而深受族众尊敬。在祭花神大典上，毕摩是活动方案的实际设计者和流程掌控人。

祭花神大典的"跳花神"环节，充分可见彝族同胞能歌善舞的禀赋，大家不知疲倦地奔放劲舞，称之为"跳脚跳到太阳落，只见黄昏不见脚"。"送花神"也是整个祭祀活动的收场环节。

随后是彝族各种民俗表演项目热烈展开。

祭花神大典源于一个美丽神圣的创世神话。在这个神话中把杜鹃花"神格化"，并在不断的花神祭典仪式中，浓化和巩固这个花神神话，完成了"花崇拜"叙事，并让花崇拜理念得以实现大范围的空间流布和跨时间的历史性传播。这个仪式化的花神神话叙事，既是一种传统文化思维方式，也是一个民间文化创造结果，同时也成为民间社会的一种文化组织形态，组织起不同村寨之间跨阶层、跨社区的人群，组织起各种文化艺术表达形式，组织起较大空间尺度上的社会心理沟通和族群认同，增强了民族文化的凝聚，珍存并再生产着自己的民族文化传统。

千百年来，彝族人民对杜鹃花顶礼膜拜，祭花神正是深厚寄托了彝族人民对美好事物的追求向往之情，浓烈体现着彝族同胞长久秉持的人与自然和谐相处的生产生活理念。正是依靠这个传统，他们护持了百里杜鹃花海的千年完好，成就了"地球彩带、杜鹃王国"的美名。

言儿信儿，这个阳光花海特别适合阳光少年的奔跑跳跃，属于少年的白衬衫，简简单单的，却美好得能抚平生活的暗涌。在我的想象中，你们长大后的背脊入镜，背着阳光只留下一段剪影，伴随着空灵的风铃声，远处不知名的楼宇，像极了许多年前映射在我书页上斑驳的光影，今又和你们奔走的身影重叠。

少年是一个多么美好的词啊，像是夏日被冰水浸透的一块西瓜，像是站在海岸线上的呐喊，像是晦涩的隐情与明亮的眼眸，像是会永远营业不打烊的太阳。

阳光下微微晃动的杜鹃花，像平铺着金粉的海浪，宁静致远。逃离川流熙攘，在没有人留意的地方，躲在了岁月的身后，化成了少年眼里的远方山海与诗篇。

惊蛰于家中

树形杜鹃花语：引万缕清风，播撒普度人间的轻松；采千片阳光，遍敷芬芳浸润的光明；奉一杯春露，滋润每一份绽放如花的新生。

It draws breezes to spread the sense of relaxation in the world. It collects sunlight and applies it to the brightness in the fragrance. It offers a cup of spring dew to moisturize the blooming new life.

树形杜鹃

为了我保重你自己，温暖的，
脆的，强烈的感情。

Take care of your warm, fragile
and strong feelings, for me.

第五章

丽质沧桑

——沧桑阅世杜鹃花

远近都称这株老树为"杜鹃王"。其实，这样的生命早已活成通透万事的智者，一定厌恶"王"这样的俗气称号。多少卑劣和短命的人间王者把自己活成笑话，这位老树早已看倦。

This old tree is taken as "King of Rhododendrons". Such a splendid life has already lived into a wise creature which understands everything, and must hate the vulgar title "king". Many despicable and short-lived human kings made themselves a joke, which the old tree had already seen through.

言儿信儿：

还记得你俩见过的最老树木有多少树龄吗？八百年？一千年？这个数目说出来可要让人大吃一惊。

在百里杜鹃花海戛木景区里的杜鹃村外白马坡，海拔超过1500米处，生长着全国树龄最老的马缨杜鹃花树，据测达1260多年。也就是说，它大约出生于唐代的安史之乱时期，幼年经历过藩镇割据，五代残唐。少年时期应该是岳飞率领军民大战金兀术的历史阶段。至于崖山宋灭，漠北元亡，至于金陵明兴，清兵入关，这位树爷爷已经荏苒中年。这般想来，在它繁密的年轮结构中，有一部亲历式的千年"史记"，细细地记载着无数秘辛，哪怕这部"史记"是不传外人之书，只给自己夜深秘读。

今天，杜鹃村里最老的人爷爷给这位树爷爷当曾孙子辈那都还差得远呢。

唐代诗人徐凝《古树》诗里写道：

古树欹斜临古道，枝不生花腹生草。
行人不见树少时，树见行人几番老。

诚如诗中所说，今天树下的行人怎么能够有资格看到这棵树的年少之时呢？而树爷爷看树下行人不知老去几辈子了。按30年一辈人计算，它也看过人间40多辈子的事了。

远近都称这株老树为"杜鹃王"。其实，这样的生命早已活成通透万事的智者，一定厌恶"王"这样的俗气称号。多少卑劣和短命的人间君主把自己活成笑话，这位老树早已看倦。

老树的皮甲已呈黑褐色，由下而上的密集龟裂深可容指，这是阅历在面颊随意展开的沟壑。树皮龟裂所显衬出来的纵向粗纹凸起扭结，让树干如同一抱缠捆起来的钢筋。

树干下端多有老根裸露在地表，如同山蛇树蟒般盘缠纠结，与山石绞为一体，昭示着生命的真谛——要稳固生存必须立定脚跟。

这株生长在高原之巅的马缨杜鹃之祖，虽然经历了千年风摧霜削，但全没有衰退气象，依然夏秋枝繁，经冬叶茂。特别是每到春来，定然红花连朵，垂枝压梢。

便如另一首唐代的《古树》诗所说：

古树春风入，阳和力太迟。
莫言生意尽，更引万年枝。[1]

但可不要一说到千年古树，脑子就想起："霜皮溜雨四十围，黛色参天二千尺"[2]。四十围，二千尺，这是属于别人的身材数据。高原生境可不支持如此巨大的生理体积。这位生长了12个世纪的树祖，现在高约8米，不到3层楼的高度；胸径80厘米，都不能跟一张小书桌的长度相比。这样的体量在同类杜鹃树中，都已经被认为是世界上迄今为止所见胸径最大、树围最

---

[1] ［唐］崔道融：《古树》。
[2] ［唐］杜甫：《古柏行》。

大的魁首存在了。杜鹃树祖只是以自己的"精神高度"，显示自己的伟岸；以性格气质，表现坚韧英挺。

并不是每一棵活下来的杜鹃花树都能够长得身高8米，长寿千年。她们用自己看上去并不高大的身材，并不雄壮的骨骼，拗出高原生命的硬朗造型。她们承认：生境决定生理，是一个真理。喀斯特基床的土壤，高原的气象条件，不支持她们高大全式的生长。但每棵树都不放弃追求，她们按照自己的天性，长得舒逸横斜，甚至长得汪洋恣肆，不能占有高度，那么占有宽度也行，总之是不甘心承受高原植物生命铁律的胁迫。

每年秋末冬初，杜鹃花的果实成熟，果壳陆续自然开裂，壳内比芝麻还小的种子颗粒纷然散落。种子虽多，但入土发芽的机会却微乎其微。有时一棵杜鹃花树一年落地的所有种子全都没有获得适宜的温湿度而发芽，即使侥幸发了小芽，顺利长大的概率也小而又小。也因此，在一个确定的生长空间里，常见的只有那么几棵杜鹃树，年复一年地花开籽落，却不见地上后继有树。她们是生存竞争中万幸存活下来的幸运儿，她们当年一旦成活之后，也就坚韧地承担起了延续族群的使命，依然是年年播种，不问收获。

是的，收获终究是会有的，终于有种子像幸运的先辈一样，终于等到被轻轻地放过，找到了入土安身的机会，扎根发芽的条件，于是勇敢探头，接取阳光雨露，开始一个生命的个人征程。随着生命舒展，长大的杜鹃花树会深感土壤不够，那就把根钻入石头；水不够喝，就把自己进化到耐旱；天气太冷，那就把自己进化得抗寒。没有谁会伸出援手，就是依靠遗传的伟力，发挥祖先留下来的生存本能，搏击就能进取，奋斗就有机会。不知道前路会遇到什么，但总是清楚自己想干什么和能干什么。既然个体生命是一场偶然，为什么不能把随时遇到的无穷偶然变成随手抓取的机会呢？当然，你无法知道，机会和灾难哪个先到。

没关系，哪个先到就先对付哪个。

还记得2008年刚刚开端，出奇的寒冷降临黔北高原。从1月13日开始到2月15日结束，每一天的平均气温都低于0度。低温与降水组合，降水就变成了降雪。降雪下落微融然后成冰，便成了更为麻烦的凝冻。城市凝冻了，乡村凝冻了，山野同样凝冻了。

层层叠叠的凝冻，数日不化的凝冻，覆盖了百里杜鹃。冬天不落叶的杜鹃花树成了凝冻的最佳附着体，天生本不粗壮的高原杜鹃花树不堪重负，最终大面积折枝断干。有些幼树小树甚至直接遭受腰斩，百里杜鹃花海一片肃杀。

当高原长风推开冻云，当早春的太阳照样升起，杜鹃花树脱去沉重的冰甲，放下断臂残枝，生叶孕蕾，经过冰雪洗礼后开放得更加娇艳。遭受雪凝灾害的杜鹃花海族群挺过来了，大家同气连枝，共克时艰。她们坚信，无论怎样艰难困苦，为了希望，把根留住。

杜鹃花树们立根不拔，然后用自己年年叶片的新生抚平灾难痕迹，用刻骨年轮记录山水沧桑，在不老的群落里书写着自己的日记，那是记录族群永生的史记。

杜鹃花树把大自然严酷的四季变换，萃取成每年一度的艳丽绽放，用浓翠的枝叶掩饰朝来风雨晚来霜的摧残，让属于自己的春天欢快成长，唯恐单调的日月碎成风化岩的蹉跎。

这样顽强追求的生命之旅从地质史的中生代白垩纪就开始了，历经上千万年，从动物还在艰难进化的时代开始，直到人类进步得能够懂得什么叫美，而给杜鹃花以今天的赞誉。

20世纪下半叶，又一种劫难降临百里花海。

百里花区内，地层结构主要是海陆交替相的煤系沉积，多为泥岩、页岩、砂质页岩类煤层。原住民早就知道，有杜鹃花的地方就有煤，有煤的地方就有杜鹃花。煤海就藏在花海下面，二者奇妙地共生。那是造物主的巧思：历史上，由于花多的地方煤也多，花区群众利用很容易采来的煤作为燃料，就不必砍杜鹃树作薪炭柴。本土煤对杜鹃花树林的保护功不可没。

从20世纪80年代开始，造物主预设的天平还是失衡了。现代勘查手段探明，总面积近600平方公里的百里杜鹃区域，煤炭资源分布面积130平方公里。地下煤炭资源达10—20余层，总储量超过120亿吨。如此巨量的财富已经清晰可见，难道让当时连温饱都大成问题的人们，离开火塘边上的金海去讨饭？

小煤窑一时遍地开花。许多地下天然水路被挖断，导致杜鹃花区水源枯竭。日益增加的采矿活动也引起山火频发。环境污染日趋严重。这种情形一旦开头，就是20多年愈演愈烈的天人之争。

2008年年初，百里杜鹃景区非法采煤涉及29个村的1134口采煤点，非法采石场11个，非法采煤采矿从业人员达3000多人。

百里花海的杜鹃花树们直接面临生存危机。

针对摧花行径，采用雷霆手段，关停封撤吗？

花要生存，人要温饱。同在一个立身之地，同为造化之子，一定势不两立吗？或者，谁先退出？两个地位似乎并不平等的种群，在这一刻，他们是对等的。

花退出，抹杀生籍；人退出，重回窘迫。

无论如何，人间就这么一片百里杜鹃花海，造化之炉提纯了多少金木水火土五行要素，天地萃聚了几多日月精华，才造就了这世上唯一。千万年天产地蕴的宝贵价值怎能毁于一旦？

不管怎样，如许城乡青壮，不能遽尔无业；万千乡老妇孺，何忍使之啼饥号寒。花与煤的取舍，是选择花开，还是选择"黑金"？如何让这两者立场截然不同却又能够互相成全？答案就在这里。

科学发展之道，是和谐共存，天人互利。

统一规划，集中管理。禁矿护花，发展旅游。

矿禁则花旺，花旺则人聚，人聚则财生。

换一套思路，便花旺人富。

2010年，百里杜鹃花海被评为4A级景区；

2013年，花海成功升级为5A级景区；

2014年，百里杜鹃花海入选国家生态旅游示范区。

今天此地的富裕之道正在实现——不负花海不负人。

美景与富裕共生，发展靠生态滋润。这不是臆想空谈。

言儿信儿，你们要知道，当今时代，任何美丽都是有成本的。你想要获取到一些东西，那么也必须要付出一些东西去作为交换。人的一生也就像这百里花海，既有人给这山河添色，也有人使这岁月增光。

"谁将声震人间，必长久深自缄默，谁将点燃闪电，必长久如云漂泊。"你们能够享受风光娇娆，是因为有人为你们蛰伏过了四季，熬过了那些无言的空白段落。人生苦短，一切都是烟云，比阅历、名声、理想更重要的是，去完成一条重塑自我与活出生命的路，如何定位自己，成全自己，这比一切都来得重要。

老来回首我这匆匆半生，许多往事早已都模糊斑驳，但只要想起一生中遗憾的事，杜鹃花便又落满了肩头。

仲春某日于湖畔

大白杜鹃花语：时光不再是距离，距离不再是屏蔽，因为有春林鸣禽传情达意，有漫天星斗亲切注视。待到看懂岭云聚散之时，自能领会守望是怎样的珍惜。

Time is no longer a distance, and distance is no longer a barrier. Because there are songbirds in the spring woods, expressing their affection and stars staring at each other. When you understand cloud's gathering and dissipating, you can grasp how cherished the watching and waiting is.

大白杜鹃

你的存在对他人很重要。
Your presence is important to others.

第六章

—— 坚韧维生的杜鹃花

芳姿玉骨

她们并不留心世态变幻，只一如既往地开花结果，撒种续族。她有她的使命，别人替代不了。

They did not pay attention to the changes in the world, so they continued to bloom and bear fruit as before, and spread the seeds to continue of the species. She has her mission and no one can do that for her.

言儿信儿：

如果你来到青山秀水中的一株杜鹃花树面前，首先会干什么？

我看到的各种普遍的花前行为是：有人发出一串赞叹后，立马到花前去摆造型留影发朋友圈；有人去扯动树枝催促落下"花雨"，以便让自己的照片拍出特色与动感；有人绕树做沉思状，也许在酝酿诗文；还有人边看边低声对话，"家里的盆栽杜鹃花咋就长不到这么好呢？要是能在这里抱一棵回去就好了"；当然更可能有人在盘算怎么能够绕过景区监管，到树下草坪上来一场"肉香赛花香"的烧烤野餐……有多少看花人就有多少种看花心，这倒也属常理。

被看的杜鹃花怎么想的呢？不知道。最大的可能是，她根本不关心看花人怎么想，她最关心的是自己的日子怎么过，只觉得世人过于吵闹。

如今，百里杜鹃花海已经是"艳名"远播，四海传香。人们不吝一切华章美辞，极尽各种夸饰之能事。

自古以来，"匹夫无罪，怀璧其罪"。大象因为牙胜美玉而被大量猎杀，犀牛因为角称灵药而几近灭绝。若干年间，这么美的高山杜鹃怎么会没有被斩尽挖光呢？

除了爱花人的外在真诚保护之外，杜鹃花本身也找到了"自全之道"。杜鹃花没有仔细说明过这个道，有心人全面分析过其中理。

百里杜鹃保存完好，一定程度上源于杜鹃树的"四不"特性。

一不：栽不易活。长期以来，总有盆景爱好者，试图把高原的独有之美搬入自家庭堂，常规的育种培芽、嫩条扦插，普遍没有成功。于是，更狠的办法就是带土移栽，直接连根挖走。然而，窃香者尽管百般研讨，无限细心。花盆里的稀罕物最终还是香消玉殒。

高原杜鹃本就是天生地养的灵根，不需要浊水脏肥的强加，而除虫杀菌的干扰更属直接戕害。

高原杜鹃不要你嘘寒问暖，百般照拂。离我远点，就是对我的最大关爱。

她们坚信，自长自维的生命力最强大，自主自立的尊严最可靠，自爱自强的挺拔最伟岸，哪怕自己的物理高度实际还很低矮。

高原杜鹃宁愿自刭都不肯与破坏自然生态者共生于同一屋檐下，这还不足以留下一句警世恒言？

挖野移栽者始终不明白，杜鹃花在高原千百万年的生长中，已经让自己的生命与那里的高原长风、高天流云、高山丽日、高地洁土、高云净雨、高阶生境，融为一体，不可隔断。一朝诀离，便生趣全无。这样高贵的生命怎么可能在痰盂一样的花盆里苟活。谁能束缚着月光？谁又能圈养着星河？五庄观里的人参果树之所以没有成为人人后院可栽的山里红，就是这个道理。

于是，费力者虽多，成功者甚少。大面积失败自然也就抑制了规模化仿效。

二不：树不易燃。在百里杜鹃花海内及其周边，有来自天上的霹雳闪电之火，有邻村牧童耕夫的随手偶抛之火，有城里人野炊点烟的遗落之火。天上地下，火种多有。百里杜鹃花海进入保护之前，区域内当然曾发生过不止一次山火，但杜鹃花集中生长区的着火率相对较低。周边的外部野火也很少进来火烧连营。那松柏树即使在青翠欲滴的夏季多汁时节，也还是见火易燃。唯有这高原杜鹃，即使在天干物燥的秋冬时节，叶片也是直燎不燃，枝干更是投火不着。杜鹃树真如同投生之前先服用了避火丹。这应该是万世演化中形成的维生特质。

杜鹃花树正因为木质和叶片均不惹火，过去砍柴烧饭的樵采都不选择。材不堪烧火是高原杜鹃重要的自全之性。

高原杜鹃的第三个自全之道便是：材不堪用。

庄子在山里散步，看到一株大树枝繁叶茂，伐木者坐在树下休息，却没有砍伐这棵树的意思。庄子问，这么大的一棵树为什么不伐取造材。伐木者说，这种树就不成材，没处用。庄子感悟说，这棵树就因为不成材，才得以尽享天年啊。[①]

百里杜鹃花海的年龄当然远远大于庄子，如果庄子早点儿看到这里杜鹃树的主干扭曲，枝杈纵横，纹理纠结，伐木人对之浩叹"无所可用"，也就会早些悟出"材与不材过此生"的哲理。

你可以找到古往今来许许多多的诗文歌颂杜鹃花如何如何美，却找不到几篇诗文写杜鹃花树如何不成材。

其实，杜鹃花自己一点都不虚荣，从未掩饰自己身材的七

---

① 《庄子·山木》记载，"庄子行于山中，见大木，枝叶盛茂，伐木者止其旁而不取也。问其故，曰：'无所可用。'庄子曰：此木以不材得终其天年夫。'"

扭八歪，自己的不够苗条高挑。是虚荣的人们自己去选择性夸张，选择性掩饰。这不是杜鹃花的错，是谈花者自己的心灵发育还有待均衡健全，欣赏意识尚需增进理性成分。

高原杜鹃是自己的生命之材，而不是他人的牟利之具。为自己活着的杜鹃花树身形婀娜喜弯，枝干多向舒展，生命的造型颇具个性。但从造材谋利者的角度看来，上不能用梁做栋，中不能锯板造柜，最低拿去做镰刀把和铁锹柄都为难。

既然如此，人们也就只能承认她身材娉婷，天姿优美，好好长在大地上，为人间生长不可替代的赏心悦目，而不再琢磨着去伐材谋利。

高原杜鹃的第四条自全之道是：地不可垦。

百里杜鹃花区内主要为二叠系地层，基底多为泥岩、风化页岩、砂质页岩和煤系地层岩石。这样的地质基底在雨水作用下，形成了山地黄壤和山地黄棕壤为主的酸性土壤，别人以为瘠薄，杜鹃花树却在长期演化中努力让自己适应这种土壤，终于得以在这样的土壤上安然扎根，觉得只有这样的土地才适合自己，从未抱怨立地条件的艰难困苦。而这样的土壤却是苞谷、洋芋、麦子们所不喜欢的，强行种植下去，等来的也只有广种薄收，得不偿失。因此在以粮为纲，大肆毁林垦田的年代，也没有人到杜鹃林中开荒占土，杜鹃花海也乐得一方自在天地。

杜鹃花树不去争抢沃土，而是在进化自己的努力中去增进适应瘠土的能力，以便使他人所弃，化为己之所利，以独具特色的开发能力，创造独有的生存空间。如此则不与天下争，而天下莫能与之争。

高原杜鹃并没有挤占人间的一寸膏田沃土以自肥，人为什么不能让高原杜鹃守一块瘠薄山坡而自安？

就这样，胸怀大智的高原杜鹃让无数觊觎者失望了：掘其根不足以取乐，燃其枝不便于生暖，伐其木不足以造材，占其地不足以耕作。而高原杜鹃就这么因地制宜地长，见机行事地长，边发育边探索地长，且长且珍惜地长。就这样使自己成为高原上的优势种群。

自古以来，人们年年对盛开的杜鹃花蜂拥围观。被围观这不是杜鹃花的本意。她们不是为邀宠于世人而开，年年繁花满枝那是她们繁衍种群的策略——极尽努力地开花是为了最大限度地结果。

结果是花谢之后的事，世人只关心杜鹃开花让自己赏心悦目。谁知道她是否结果以及结什么样的果呢？

杜鹃花谢之后，种子会在枝头生长半年多，养精蓄血，刻录基因。成熟的杜鹃蒴果呈卵球形，长约1厘米，密裹糙毛。完全干枯的蒴果落地后纵向爆裂，露出里面的多室子房，每个窄窄的房室里面有很多粒种子，小得如同烤烟种子。高原生境能够提供的生长物质有限，只能让自己的种子以最为节约资源的方式成实。有专家计数，马缨杜鹃种子的"千粒重"竟然只有0.094克重量，也就是说，一千粒马缨杜鹃种子不到一克。每个蒴果里有100～500粒种子。按最高值计算，20个蒴果能够集拢一克（1000粒）种子。一株较大的马缨约有200朵花，也就是能够产10克种子，10000粒！

如果每年每株杜鹃树的10000粒种子都能够落地成树，地球上大概早已长满了这个种群。实际上，获得最终成树机会的种子少之又少。母树知道这个生育和流失的悲喜剧。她不在意单个种子的着床发芽或流失，她和同族兄弟姐妹们在无边无际的生长中，用无休无止又无可计数的育种，在大地上撒播一条永不中断的基因信息流，这个基因信息流让杜鹃花的传续永不中断，那是杜鹃花繁衍的"大数据"史诗。

许多人用各种形容把杜鹃花描述成娇羞纤柔。那真是过于"自作多情"了。

杜鹃花们精明地计算着生长，旺盛地野生野长。她们喜欢生长在高原的集体群落中，她们也可以在任何让她们活下去的地方安家——前提是必须在她们所热爱的高原天然生境中。假如命运让种子在随风飞扬中找到了适宜的生境，她们可以独木成林地长在崖缝，长在路边，长在草甸，也可以长在村前屋后，抑或是你时常推窗远望的窗前。

她们并不留心世态变幻，只一如既往地开花结果，撒种续族。她有她的使命，别人替代不了。

言儿信儿，离开花海后，我希望自己的梦里经常会开放两片林花，一片是杜鹃林花，还有一片也是杜鹃林花。林中的树梢开遍杜鹃花团，你俩在杜鹃花丛中躲着迷藏，小小的身影如跃动在林间的精灵。我们依偎在杜鹃花树下懒懒地晒着太阳，斑驳的阳光映射过繁茂的杜鹃花叶，温柔地亲吻着你们的脸颊。抬手轻轻拂落满头的杜鹃花瓣，你们嘴里轻哼着不知出处的歌谣，一阵清风拂面，耳边有风逆潮声。什么是幸福？我想这大约是了。

　　我多想你们能像开在山崖上的杜鹃花，有一天你们也会长大，会变得足够勇敢，够坚强。我希望你们被打磨，永远光明磊落，经历一些风起云涌，获得丰富、庄重，趁年轻，多旅行，多交往。见识得越多，人越是会对自身处处挑剔，懂得改变自己去适应环境，反而能做出一些事情来。

　　哪怕在人生低处低平的时刻，也要一直相信，你我都是一颗种子，可以让生命发扬光大。

　　　　　　　　　　　　　　　　仲春某日于花海

锈叶杜鹃花语：双双春燕把流水时光飞成了不老深情，片片落叶把凋零的岁月反衬为不倦轮回。愿我春风里的年年绽放化为你不老诗情，你无尽的回首就是我无边的期盼。

Spring swallows turned the elapsing time into an immortal affection, and the falling leaves reflected the dying years into tireless reincarnation. May my blooming in spring breezes year after year come into your poetry, your looking back is my expectation.

锈叶杜鹃

每一次别离，都是为了更好地归来。
Every time, leaving is for better returning.

百里杜鹃

花涧阡陌·山水踏程

千山点翠，百里织锦，

春风春雨，花开如许。

此刻此时，此情此心，

是我眼中，最美风景。

将我一生许给你，

化风化蝶化春泥，

化作那山间的小径，

长相思，永相忆。

（念白：落红不是无情物，化作春泥更护花。）

空山新雨，落红满地。

花舍酒暖，飞云传情。

有山有水，有你之地。

是我心中，最好光景。

将我一生许给你，

化风化蝶化春泥，

化作那山间的小径，

勿相忘，永相依。

第七章

红颜护土

——护持厚土的杜鹃花

无论什么时代，人间都需要带领族群走向文明的先行者，他们代表人类内在于心的趋光本性。

No matter in what era, the world needs forerunners to lead the groups to civilization, they represent the human nature to chase the light.

言儿信儿：

我像你们这么大的时候，便熟知这句话：读万卷书，行万里路。那个时候的我还很懵懂，也许一些大道理对于你们或是那时的我来说，都显得过于空泛。只是我没想到，当我真正明白这两句话的含义时，居然要花费半生，身后早已走过了万水千山。

多读些书再去走路，就不会盲目走，就不会白走，走路的时候就会有更多发现。多读书之后，走路也自然会变成读书，会把路上的风景当成书。既要看有形的书，也要去读无形的书。我倒也不觉得读书能对人生有什么立竿见影的帮助，但读书本身也从来不需要什么意义。如果说成长是一场交易，而你用读书来获得内心丰厚，摆脱生活表面的重复类似，那也是足够值得的。读书的其中一个益处，便是借他人的眼，得以窥探到平日里看不到的美景。读一本好书，就是和智者的一次灵魂的对话。

百里杜鹃花海现在就是铺在我眼前的，一本丰厚绚丽的书。欣喜地"阅读"了花的部分，也不由自主地想去"翻阅"一下土。这百里杜鹃的土不是我们在北方经常接触到的黄土或黑土，这片花开大地在植被破缺处露出来的土更像是风化岩粉末。

在断崖处可见土层剖面，最上层是形状还比较完整的枯枝落叶与干草，下面是已经厚厚的半朽烂的腐殖质层，然后才是地表土壤，土层厚度二三十厘米不等。土中满是各种植物根须，长短纠结，粗细穿缠。土顶层靠近地表枯落物的界面偏黑，越往下越黄，细腻的黄土面中掺杂着很多粗盐粒般的沙砾。这便是传说中的山地黄壤和山地黄棕壤了，比北方黄土的颜色浅而鲜。这样的黄壤下面就是由灰白色石灰岩构成的山体基岩了。

百里杜鹃花海属于喀斯特发育地貌，遍地石灰岩是自然的。

最惹人关注的是，所谓花海可不只是一个"海平面"，而是许多山丘的联合体，是山组成的"海"。山丘大小不一，坡度各异，缓坡十几度，最陡的坡约有五六十度。杜鹃花树就在这些坡上立足，真是"侧足焦原未言苦"。

这里的年均降雨量一般超过一千毫米。地质学资料说，这里的喀斯特地貌中的山丘，山丘下面的岩溶洼地与漏斗，神秘莫测的岩溶洞穴，岩溶泉与地下河，都是雨水亿万年溶解冲刷地层基岩而形成的。也就是说，今天人们眼前看到的大山小丘，深洼巨穴，都是雨水用溶解和冲刷的方式"雕刻"出来的。用雨水雕成大山，凿出巨穴，这是怎样的耐心和伟力！这才叫"雕刻时光"。看到这里，想想有些小门小店涂写点儿"雕刻时光"之类的话语，会讪笑吗？抬一桶水，搬一块磨盘，冲一上午，看磨盘变形没有，然后再说话。

在石灰岩分布普遍的喀斯特地区，雨水对土壤的侵蚀如果严重发生，会冲走所有表土，只剩下光石板，这就是"石漠化"。石漠化地区寸草不生，万类绝迹，号称"地球的癌症"。中国石漠化土地面积很大，百里杜鹃花海也算在石漠化区域的大范围里，但花海里的具体情况却是，到处郁郁葱葱，找不到光石板的存在空间。

从高原长空的雨云中，一滴雨如同利箭投石般直射花海，先是被个头最高的杜鹃花树用枝叶阻击，雨滴碎裂。接着，碎裂的水珠凌厉顿失，无力地跌到灌木层的枝叶上继续碎化，落到草上时已经像露水一样轻柔，最终滴在枯枝落叶上被吸附。对土壤的"溅蚀"消弭于无形，只剩下温柔的滋润。

落雨继续，阻击不倦进行，枯枝落叶继续吸附雨水，滋润土地。土壤的"面蚀"也没有发生。

雨停了。已经吸附饱和的枯枝落叶慢慢把雨水"控"出来，汇成山溪、泉水、小河，为风景增添了几分灵性。

从杜鹃花树顶端的阻击到地表枯落物的吸附，雨水被处处挽留，无法汇聚成暴烈的冲击，而变成了"水源涵养"。年复一年，光板石现象没有出现，石板上的土层却年年积累。

杜鹃花树及其共生植物的枯落物覆盖量越多，地表持水量越大，对土壤蒸发的抑制作用也越大。持水枯落物的分解也在极大丰富土壤有机质，提高土壤肥力，共同保证土壤的生态生产力。

同时，杜鹃树须根的密度很大，多集中在地表下5—25厘米的土层内，它们如同混凝土中的钢筋一样，有力地在基岩上建立锚固，阻止土层在陡坡上滑落。

杜鹃花树对生态环境的多元贡献远比"化作春泥更护花"丰富得多。

在百里杜鹃花海，年年上演着以杜鹃花树为主力的水土流失阻击战：必须阻止表土流失，那是生命的依托；这里也年年上演着水土保持的保卫战——这里的土壤是大石山万年演化留下来的珍品，必须保住。保住土壤才能把自己的根留住。

杜鹃花不是大自然里的花瓶，不是仅仅用于观赏的"自然宠物"，而是功勋卓著的山水建设者，坚守万古的厚土卫士。

在东北黑土地、西北黄土地上生活的人也许会觉得，喀斯特上的这层黄壤算不得厚土吧。

这土厚不厚，外人可说了不算。长在这土里的本土生命说厚，那就是厚。

在喀斯特土层上立足的杜鹃花看来，这层土让她们安身立命，世代蕃盛，难道还不够厚吗？这有物理厚度，更多的是信赖厚度、依恋厚度与历史厚度。

这样的厚土是杜鹃花世世代代舍身相护的。杜鹃花护持了这片厚土，也就保住了自己的命脉，保住了家园的鸟语花香，春光常在。

就在杜鹃花精心护持的厚土上，6个半世纪前，有一位杜鹃花一样的女人，也是这样呕心沥血地护持这片土地。

明洪武八年（1375），17岁的奢香与贵州宣慰司暨贵州水西彝族默部首领陇赞·霭翠结为伉俪。霭翠统辖的领地较广，是控制川滇黔边境的战略要地，民族众多，对西南稳定一直发挥重要影响。

婚后的奢香尽心襄助丈夫处理政务，以贤能闻名于各部，被族人尊称为"苴慕"（君长）。

洪武十四年（1381），霭翠病逝。由于儿子太小，就由奢香全面代理政务。此时，洪武帝朱元璋派大军入云南，意图彻剿元朝残余势力。

元部屯兵阻击，并拉拢贵州实际掌权者奢香助力。

奢香深知统一是大势所趋，阻挡明军入滇属于逆时之举。于是决定助明师挺进西南。残元余孽彻底扫荡之后，奢香的深明大义博得了朝廷认可。

思路清晰而有大格局，是一种禀赋。奢香的远见卓识犹如杜鹃花的美丽而坚强一样源于天成。

洪武十六年（1383），明王朝都指挥使马晔派驻贵州，其施政风格专断横暴，凌虐百姓，并有很深的民族文化偏见，视奢香为"鬼方蛮女"，对她代理贵州宣慰司的职事极为不满。奢香多次劝告马晔体恤百姓，可是马晔反而指责奢香抗旨不遵，竟然对这位"朝廷命妇"和族人爱戴的地方领袖施以裸背鞭笞，意图用这种重辱来激怒彝民，使其造反，以便借机大开杀戒。

心怀怨愤的各部头人开始准备聚兵举事，奢香以自己的影响力加以阻止。她深知地方武装绝对不可能抵挡马晔的正规军，血气之怒只能带来灭族的灾难。最终的平静使马晔没有找到进一步镇压的借口。

奢香单薄的肩头称量出了民族命运的忍辱负重到底有多重，悲悯泪光中闪烁的是照亮未来的深谋远虑。

奢香决定进京告御状，利用皇权搬开肆虐地方的恶势力。马晔是朱元璋妻子马皇后的亲侄儿，进京状告皇亲重臣，这胆量足以震动朝野。

朱元璋了解真相之后，深知边陲安宁的重要，撤职查办了马晔，以安贵州百姓之心。奢香则向朱元璋做出"子孙世世不敢生事"的承诺，并表示"愿意替朝廷刊山凿险、开置驿道"。

奢香回到贵州后，一面宣扬朝廷的威德，使"诸罗大感服"，营造社会发展的稳定基础；一面迅速实施建设行动，亲率各部，投入巨大的人力物力，开辟出两条驿道，使贵州到云南、四川、湖南的交通便捷起来。商旅往来推动了地方经济的发展，促进民生改善，更以此改变着本土的蒙昧状态。

此后，奢香多次朝觐，进一步巩固自己全面建设活动的合法性，使中央政权对她的全面发展不至于产生猜忌。

奢香通过广泛持续地接触内地文化，开阔了眼界，决心"躬亲倡文明"。她多方结识内地的才人学士，聘迎内地学者到贵州兴办"宣慰司学"。洪武二十三年 (1390)，奢香将长大成人的独子送入京师太学读书，明太祖朱元璋特下诏"谕国子监官，善为训教，庶不负远人慕学之心"。两年后学成而归。

奢香同时招徕内地能工巧匠，向本土民众传授先进的耕织技术，开置农田，发展生产。经过奢香的苦心经营，使贵州各民族和睦相处，经济发展，文明日昌。

明贵州提学副使吴国伦到贵州任职，亲眼看到了奢香开创的事业，赋诗赞叹：

帐中坐叱山川走，谁道奢香一妇人。[1]

这位饱学的官员不能不为之称道，坐在大帐之中能够号令山川为之奔走，谁敢说奢香仅仅是一个妇道人家！

明王朝把奢香当作巾帼功臣。明太祖朱元璋曾说："奢香归附，胜得十万雄兵！"狭隘的朱元璋只做了一道粗浅的军事算术题，把她的归顺看成省却十万雄兵远征那样的收获。这是皇权角度的计算。

对于奢香而言，她寻求归顺的平安不是苟安，而是在为自己的民族寻求和平发展、学习进步、奔向文明的机会。动乱只

---

[1]　［明］吴国伦：《次奢香驿因咏其事》。

能让民族命运原地踏步，甚至损毁。以理智的选择，走出自我封闭状态，向主流社会靠拢，与先进文化融合，这就是文明意识。一方苍生的命运将因此而大为改观。

如果皇权有助于这个发展宗旨，她会成为尊奉者，她会不辞辛苦地劳作。如同黔山高原上的杜鹃花一样，她无须知道北京天坛里的柏树是否会被华北早霜冻死，她主要关注自己身边的溪水是否会暴发为洪水，刷尽大家赖以立足的表土。让族群立足的大地在一片光明中日渐丰饶，是她毕生坚守的夙愿。

无论什么时代，人间都需要带领族群走向文明的先行者，他们代表人类内在于心的趋光本性。让族群走出蒙昧，永远都是最崇高的文明使命。只有变态的精神侏儒才会以削低他人的思想高度来表征自己是文化领导者。历史永远都厌恶那些以蒙昧人群来凸显自己伟大的愚妄之举。

洪武二十九年 (1396)，年仅 35 岁的奢香不幸病逝。明帝朱元璋派使臣前往参加奢香的葬礼，加谥奢香为"大明顺德夫人"。奢香夫人如同彝族创世神话中的女神和杜鹃花神玛依鲁一样，是为民造福精神的化身，她们像杜鹃花一样深情护持黔山大地这片厚土，共同书写这块土地上生生不息的文明进步史诗，赢得了人民永远的怀念。

言儿信儿，看花的时候如果能够去留心一下花下的土与花身后的人，也许能获得更丰富、厚重的感受。

我有很多话想对你们说，但是你们现在还听不懂，无奈我也不知该从何说起，所以只好带着它们穿越半个世纪的冬天，藏身于这片花海，抖落成一页页诗篇，花盛开便是一句，一个早春便是一篇，就这么一直写着，由花海见证。盔甲是一种选择，但柔软也是一种力量，我希望你们读很多书，走很远的路；

我希望你们读纸质书，手写柔软的诗；我希望你们能被阅读，

不被轻易辜负。

这些诗句，待到你们慢慢长大，便都一一赠你。

暮春于奢香古道

儿子，离开花海后，我希望自己的梦里经常会开放两片林花，一片是杜鹃林花，还有一片也是杜鹃林花。

Sons, after leaving the sea of flowers, I hope that in my dreams, there will be two woods of flowers, one is rhododendrons, and the other is rhododendrons, too.

露珠杜鹃花语：翻检人生的相册，册册有你的风华；翻动岁月的台历，历历在目是你的身影；翻看回忆的日记，页页有关于你的回忆。凝思晨露的纯洁，瞩目钻晶的恒久。它们共同定义了珍贵的友谊。

Looking through the photo album of your life, I found your demeanor; turning over the calendar of years, I saw your figure; looking at the diary, I read the memories all about you. The purity of morning dew and permanence of the diamond, together define a precious friendship.

露珠杜鹃

很高兴能与你相遇。
I'm happy to meet you.

第八章

长缨如霞

—— 领袖群伦的杜鹃花

花谢后的马缨杜鹃树依然在雨雪风霜中保有常青松的碧绿，劲挺石崖柏的虬枝，深扎穿地龙的铁根，采日月精华，吸大地血脉，准备下一个生命周期的厚积薄发。花开花谢是她生命乐章的复调表达，因此其命运的旋律才如此打动人心。

After losing the flowers, the rhododendron delavayi still retains the green in the rain, snow and frost, like an evergreen pine and the twigs of the cliff cypress, and the iron-like roots under the ground, collect the essence of the sun and the moon and absorb the blood of the earth, preparing for the next life cycle. Blooming and withering are the polyphonic expression of her life chapters, so the melody of her fate is so intriguing.

言儿信儿：

在你们还懵懂的时候，总是容易被电视上所介绍的地貌给镇住，小小的脑瓜里似乎总塞满了各种天马行空的问题，对世界有着说不清、道不完的疑惑。一连串的发问总让我应接不暇。看到了火山喷发你们会问，火山喷发完后是不是就会变成死火山了呢？火山喷发的时候我们躲在桌子底下会安全吗？我只能苦笑，一个接着一个给出答案。

还记得曾给你们买过一幅立体的地貌地图，你们抚摸着祖国西南那大面积的凸起地带问：这么高的地方，能长东西吗？我笑了笑摸摸你们的头说：将来你们自己去亲眼看看，能不能长东西。你们忽闪着眼睛，没有说话。

现在我要告诉你，这么高的地方，能长东西，而且能够生长极为绚烂的东西，那就是令人叹为观止的自然奇观——百里杜鹃花海。

进入花海的第一眼被马缨杜鹃先声夺人。它鲜艳诱人，光彩照人。

本为鲜花，得名马缨，这简直是赋性加冕的荣誉称号。看到她在高原长风中帅气招展，的确会联想到骏马那如火的长缨在乘风飞舞。她用大自然的狂草，书写自己豪放的英名，漫山遍野地绽放。

马缨林是百里花海中马缨杜鹃树最为密集的地方，传说当

95

年在高原跋涉的马帮在这一带的大山里运货穿行，在荆棘丛中遗落了驮马头上的红缨，在日月精华滋养之下，挂胃林梢的红缨化为马缨杜鹃花。感念旧主的林花从此就在春风浩荡的季节里，为跋涉高原运货的主人及其同行标记崎岖山道，令他们不忘回家的长路。传说是神奇的，味道更是淳厚。

这是高原跋涉者的美丽心愿，这是大山精灵的血红祝福。

关于马缨杜鹃花的另一个传说是，古时候有一位美丽、勤劳、善良的彝家少女索玛，爱上了一位英俊勇健的牧羊小伙阿哲，二人私定终身。但双方父母坚决反对。他们选择了离家出走，在山居野处中安度自己的相爱岁月。谁知好景不长，头人看上了索玛，为把索玛占为己有，头人在荒僻处害死阿哲，逼索玛改嫁。忠贞不渝的索玛跳下悬崖，殉情而死。索玛的鲜血染红了山花，化为血色长艳的马缨杜鹃。

无论哪个版本的马缨杜鹃花传说，都是彝岭民族生活的折射。在许多民间故事中，面对同一个叙事对象，常常都是饥者说其食，劳者说其累，爱者说其欲，于是创作出民间传说的多彩版本。

传说为马缨杜鹃增色，她向世人证明，假如天地间色彩不足，传说可以点燃生命。生命世界将因此而如火如荼。

高处不胜寒的高原其实原本无色，是像马缨杜鹃这样的众多高原生命在强悍生长，让这里丰富多彩，铸就无限的审美价值。

三月中旬起是马缨杜鹃次第盛放的时节，花开之前的大山里常不免空寂之感，一到马缨杜鹃怒放，漫山红遍的杜鹃，如同名家大师肆意挥洒的泼墨，以群山为纸，春风化作柔软的笔触，在山间谷底中晕染出锦簇花团。大山里的各种鸟仿佛也被瞬间唤醒了歌唱的激情，长鸣短啼，低吟浅唱，百转千回。禽鸣的音色与马缨杜鹃的花色相映相融，鸟鸣花艳糅成了音与色的春天交响。

马缨杜鹃是这个生命世界的领唱，是高原的浪漫勇士。马缨杜鹃用自己的风格高唱强者的咏叹调。

马缨杜鹃的绽放，如同一切真正的美，都不会是浅薄的瞬间卖弄。

马缨杜鹃生长的地方都是大石山坡，地表岩体经溶蚀风化为粉末，与陈叶落瓣混合交融，生成土壤。马缨杜鹃不抱怨故土的瘠薄，只努力于自己生命的丰富。正是以石头粉末与陈叶落瓣混合体为扎根依据，让杜鹃花们得以汲取岩石的骨力，集萃百花的神韵。

马缨杜鹃在厚重的石床上定心扎根，培土识水，她们把这里确认为自己的绝佳生态场所，顺天而为，自培自养，千年演替，由此让自己成为本土植物的"顶级群落"。她们密集的分布，绝佳的颜值，宣告自己早已成长为这里的优势物种。

百里花海的每一种植物都不可能独立生存，它们与其它种群在同一生存空间里，既相互竞争，又相互合作，取长补短，构成一个"异姓共居"的家庭，这便是植物的"群落"。马缨杜鹃是群落里的主要"建群种"，也就是群落"领导"，主导着群落抗风挡雨、水土保护、生物物质交换等多方面的"工作"。群落成员在她的引导下共同努力，扎根高原，安居度日。

开拓出自己合意的生存高地绝不意味着就可以故步自封。

当马缨杜鹃结束每年一度的花期之后，并没有安享盛装表演之后的弛然安歇，更没有在傲然出众之后心气涣散，而是马上选择在枝头的每一个恰当之处，含萌结苞，蓄精养蕊，经过一夏、一秋、一冬的雨润霜凝，日精月华，准备下一个春天到来时的更辉煌的绽放。

日月不辍的投入造就了精雕细琢的自我。马缨杜鹃的花蕾是造物的艺术杰作：一根短短的花轴上均匀集结了十几朵小花，每朵小花的一束鹅黄柔蕊顶粉而出，足以让最骄傲的美蝶秀蜂低徊流连。花瓣如樱唇涂朱，云锦绉结。小花们共同组合成一朵半球形"大花"，在翠绿枝头捧托而起，不由得凝集了造物主的万千宠爱。

这样的大花渲染着旭日的光彩，辉映着晚霞的灿烂。朝暾与落晖共同烘托马缨杜鹃的云蒸霞蔚。

大红的杜鹃花总是会燃起诗人的创作热情。

唐代大诗人白居易习惯称杜鹃花为"山石榴"或"山枇杷"，为山石榴写了好多诗。他在《山石榴花十二韵》的最后部分写道：

恐合栽金阙，思将献玉皇。

好差青鸟使，封作百花王。

诗人认为应该把火红的杜鹃花栽到天界的金殿里，把她献给玉皇大帝。玉皇一定会特别欣赏，派青鸟到人间来，宣布诏令：让杜鹃花作百花之王。杜鹃花有很多种，具体让哪种杜鹃花来坐上这个王位呢？白居易心中想的一定是马缨杜鹃，因为他总是喜欢为大红透赤的那种杜鹃花写诗：

> 深山老去惜年华，况对东溪野枇杷。
> 火树风来翻绛焰，琼枝日出晒红纱。
> 回看桃李都无色，映得芙蓉不是花。
> 争奈结根深石底，无因移得到人家。①

在这首诗里，白居易又称大红的杜鹃花为"山枇杷"，真是喜欢得不知道叫什么好了。春风吹动火红的树翻动着花的火焰，火红的太阳曝晒着琼枝上的"红纱"。真是红得不能再红了。

在大红杜鹃花的映照之下，再看以"娇艳红粉"著称的桃树、李树，都已过了花期，不再有一点花色。而名花芙蓉在"山枇杷"的映衬下，也逊色得简直称不上花了。为了凸显红杜鹃，那么多名花在诗人笔下都显得"六宫粉黛无颜色"。

诗人深知，这样的奇花只属于它自己的天地，有它自己的生命立足点，是不可能移植到尘俗人家的。就如同马缨杜鹃只属于百里花海。白居易是在为巫山峻岭上的红杜鹃作传，也是在为天下红杜鹃刻魂。

诗人是在任忠州（今重庆市忠县）刺史的时候写的这首诗，当时已年近半百。在繁花耀眼中同时也深知急景凋年，不由得感叹人生韶华不再。但正是眼前的如火红花激发起诗人的生命

---

① ［唐］白居易：《山枇杷》。

热情，因此提醒自己要珍惜时光。历史上，年华老去的诗人在看花时大都会写芳菲易逝、好景难回的主题，只有如火的红杜鹃做到了让一位老去的诗人顿生振奋之心，乐意珍惜自己未来的年华而使之绽放光彩。

你说凋谢吗？生命有周期，是花就会谢。马缨杜鹃当然也不例外。但马缨杜鹃绝不肯凄婉地枯萎，她不需要一个纤愁细怨的女子在洒冷泪中去完成春暮掩埋。这漫山遍野绽放的高原歌者，在凋谢之时也总是以无边的潇洒澹荡谢幕。高原长风会为她吟诵龚自珍先生的《西郊落花歌》：

如钱塘潮夜澎湃，如昆阳战晨披靡；
如八万四千天女洗脸罢，齐向此地倾胭脂。

百里花海中的马缨杜鹃让自己的告别演出像钱塘夜潮般汹涌澎湃，如昆阳大战一般遍野披靡，更像八万四千仙女一起泼洒自己洗面胭脂水那般地漫天挥洒。龚自珍先生的落花诗，好像是专门为花海马缨杜鹃而写的谢幕词。

无论如何，繁华落尽，游人散去，身边还是只剩荒草萋萋。零落成泥的落瓣生于泥土，复归于泥土，喀斯特石山体原本瘠薄的土层为此又会增厚。在这里，表土每增厚一厘米，需要落花枯叶大约一千年的献身堆积。这是大山的自我建设方式，也是马缨杜鹃对自身托付者的回馈与奉献。大山的历史因此得到年有所增的厚重，生命因为永不间断的回馈反而营养丰足，根脉永健。

花谢后的马缨杜鹃树依然在雨雪风霜中保有常青松般的碧绿，劲挺石崖的虬枝，深扎穿地龙的铁根，采日月精华，吸大地血脉，厚积为了下一个生命周期的勃发。花开花谢是她生命乐章的复调表达，因此其命运的旋律才如此打动人心。

言儿信儿，等到你们长大，你们会再次站在这片高原之上，用着同儿时一样颜色的眼眸去看这眼前之景，岁月流逝，但眼前不改的，仍是这百里杜鹃。

春分前夜于家中

银叶杜鹃花语：太阳无法压制自己从东方恒升，长河不能抑止东流不息。听见回响耳边的天际交响吗，那是心海花潮已然涌起。

The sun cannot stop itself from rising in the east, and the long river cannot stop the eastward flow. Do you hear the symphony of nature echoing in your ears? That's the tide of flowers blooming in your heart.

银叶杜鹃

你是不完美中寻找到的美好。
You are the perfect in the imperfect.

第九章

花信赤诚

——守信而来的杜鹃花

儿子，人生如果经常遇到守信而来的美好，那是一种莫大的幸运。

Sons, it is a great luck if you often see the goodness of keeping promises in life.

言儿信儿：

如果我跟你说，杜鹃花懂得守信，你会觉得不可思议吗？

仁义礼智信是我们中国人都熟知并且努力践行的做人之道。甚至还习惯于把这五个理想的人格标准比赋予人类之外的事物上，例如说，美玉也有这"五德"。孔子特别推崇"五德"，针对"信"这一品德，他曾强调"民无信不立"。（《论语·颜渊》）他相信，人如果不能守信，那就难以立足于人间。这也是我时常教导，需要你们用一生去完成的功课。

遵守信约是普世价值，遍及天地之间。

我从不怀疑，杜鹃花是会如约而至的。又是一年春风，看了看日子，惊蛰了，等这场雨下完，虫子要开始起哄了，等春雷远去，到喧闹平息，杜鹃花也就要开了，一切蛰伏的美好都会纷纷不请自来。

春游的人们远足，是去约会一脸春风，邂逅一路春花，夜里多一床春梦。所以，敢去约会是因为觉得所约对象会守信，不至于让人扑空。

"如约而至"是个多么美好的词，等得辛苦，却从不辜负。

走入百里杜鹃花海，赶赴一场关于鲜花的视觉盛宴，就是因为与这里的杜鹃花有一个君子之约，因为花海杜鹃花的花信是值得期许的。

在很多地方，杜鹃花都会华彩缤纷地举行拉开春幕的首演。

明代诗人苏世让见到春天最早开放的杜鹃花时写道：

际晓红蒸海上霞，石崖沙岸任欹斜。

杜鹃也报春消息，先放东风一树花。①

诗人黎明时看到了如同海上朝霞一样艳丽升腾的红色，那是杜鹃花在石崖沙岸间自由烂漫地盛开，她们首先报告了春天已经到来的消息。

在诗人笔下，杜鹃是最早报告春天到来的鲜花，当然也是第一个赴约春光的守信者。

杜鹃花早早报春，不怕自己失言成谎，是因为她相信春天也是一个值得信任的守约者。杜鹃花的守信源于她对春天的信任。春天是所有生命的理想，在生命的基因里，信任春天已经成为融入骨血的不渝信念。

只为了更好地遇见，才会被上天赠予了时间。花海杜鹃从上一年的深秋隆冬就积蓄酝酿，在内心领会春天的许诺，争取获得最早沐浴春光的绽放。隆冬才过，春寒料峭，花海杜鹃花树梢上，还被多毛的花萼包裹得很严实的花苞，一天天鼓胀起来，像是不太安分却又传递着生命喜悦的胎动。这是杜鹃花树在构思关于春期花信的文稿。

节气到了雨水前后，无法说得清是哪一天，是花海里的哪些树，最先憋不住满腔春情，使得花萼再也无法封口，嘴上都咧开一条小缝，这就是花海的春天"开口"欲言了。

这是真正的花海"花信"。像无心的春风翻过一页页深情的信笺，被雨滴打湿的这诗句的一笔一画，都化作了朵朵杜鹃

---

① ［明］苏世让：《初见杜鹃花》。

旋转盛开，在风雨里散发着馨香。

在百里花海之外的五湖四海，已经有无数人在上网查阅花海花信，一日一日计算着花海花期，约车订机，奔赴这场盛大的花约。

古代的诗人们渴望春天早日到来，也都特别注重"花信"。他们没有更多资讯手段，只靠观察物候。宋代诗人陈著在《午景书怀》一诗中写道：

虚斋檐马自丁东，却在莺啼燕语中。
整屐欲寻花信息，不知柳絮已随风。

寂寥书斋的檐头上，悬挂的铃铛叮咚作响，与莺啼燕语相和鸣。这引得诗人赶忙穿上鞋子，跑出去探寻春天的花事信息。却没想到，柳絮早已随风飞舞，它成为通知春花将发的信使。莺啼燕语和飞絮便是花事已近的"物候"。其实，铃响絮飞的动力就是东风。

与诗心而言，深切观察物候而探寻花信比网络查询似乎更具诗意。古代诗人们最为信赖的"花信"动力以及传达者，还是东风：花向今朝粉面匀。柳因何事翠眉颦。东风吹雨细於尘。[①]

花儿在脸庞上均匀傅粉，柳儿微颦翠眉。是什么力量让她们都这样俏妆美容呢？就是那带着细雨的东风送来了春天。于是，天地间的美好事物都如约显现。

只是有时候这东风春雨并不总是按照让人欣悦的方式赴约传信：

---

① ［宋］辛弃疾：《浣溪沙·偕叔高子似宿峰戏作》。

节届烧灯奈若何，客楼三夜听滂沱。

春风有意催花信，小雨如酥不用多。①

在宋代，元宵节也称"烧灯节"。诗人很厌烦大正月里的滂沱连雨，觉得你东风如果确实有意催促花信早到，只要带来些如酥小雨就够了，哪里用得着这样连绵三夜的大雨滂沱。当然，不管怎么样，外面吹的毕竟是春风，毕竟"花消息"催到了。

两位宋代诗人写的都是江南早春如约而至，当然方式和力度各有不同，但东风的信用都没有问题。

若论纬度，百里花海比江南更"南"。只是因为百里花海更高，于是比江南的春天显得"凉"些，但花信不凉。

在花海里，风雨同样是花信使者。而且这里的风雨也确实并不总是那么温柔。花海春天的到来有时是很有力度的。"急雨颠风花信早，枝枝叶叶春俱到。"②这其实也是一种值得欣赏的意境。

惊蛰刚过，劲健的高原东风送达约书，百里花海杜鹃花鼎盛绽放。"一夜好风吹，新花一万枝。"③这原本是诗人的夸张，但在百里花海，这就是实况。花海杜鹃充塞六合式地万花齐放，聚于丘则耸为花山，铺于谷则涌成花潮。光焰灼目，华彩燃心。任何冬眠期的灵魂在这样的万花交响中都会醉香起舞。

在人迹未到的古老岁月，这样的花海春潮只是春天与杜鹃花的一场盛大约会。春天按照自己的节律，如约而来；杜鹃花遵循与春天的约定，守信而开。守约对双方而言，都属于自有的美丽

---

① ［宋］方回：《元夕前雨不已》。

② ［宋］惠洪：《渔父词·急雨颠风花信早》

③ ［唐］令狐楚：《春游曲》。

秉性。时令因守信而成序，生命为履约而有节。世界因此而运行得有条不紊，生机勃发。

花海里的鸟兽蜂蝶，百草千树，也各自都遵循自己与春天的约定而来。它们是自己盛会的主角，也同时来为杜鹃之约助兴。也可以说是，杜鹃花搭台，众人登台唱戏，迎来送往台下多少宾客。

杜鹃花守信之志源于花的本性，源于花的内心呼唤，这是她与天地的信约，与四季轮回的信约，与生存机会的信约，这个信约根本上是她对自己的诚信。对自己的诚信是最大的诚信。如果对自己都无法诚信，还能指望什么呢？当自己的人生永不失信，这就变成了一种生活方式：君子守常。恒常是一种守信之道。

如今，百里花海已经与人间生活深度融合。每到花期，五湖四海来看花的游人比本地的蜂蝶还多。人们挽着手走进人潮林间，笃定淡然地在这花海中坐下，春风里，有人伫立，有人招手别离。花海杜鹃本不是为人而践约的，每个约花而来的人其实都只是春天与花海之约的赴约观礼人。但这一点儿都不妨碍人们享受全心坦然的赴约之乐。

人与花有约而来，花按时而开。人当然可以想象花是为人之约而开。人来时也许并没有执持花你必开的妄念，但花总守约而开的恒常，让人觉得你为我能如期绽放，践约之行会变得称心如愿地美好。但其实，与人订约而没有蒙受失信的失望，本就是一种美好。

每个人在自己的年华里栉风沐雨，在日出月落中操劳奔走，那都是在赶赴跟命运签立的若干约定。按照这些有形与无形的、说出的与未说出的、签署的与未签署的诸多约定，满怀信心地走下去，让人生成为一场有始有终的赴约之旅。

所有的信心都是由诚信支撑的：对自己的诚信与对他人的诚信凝结为信心，坚持是对自己和他人之诚信确定性的坚守。没有信心，如何坚守。信心是人生最扎实的根基。当所有信心破灭时，人生是会崩溃的。

人生会订立很多美好的约定，其中有不少都没能守信而至，这使得有阅历的人做出一个带有普遍意义的总结：人间不如意事十常八九。不如意，就是心中与人生的那个美好约定没能够守信而来。失约是不易承受的人生之重。没有什么比美好本身的失约更让人伤心的了：

去年元夜时，花市灯如昼。

月上柳梢头，人约黄昏后。

今年元夜时，月与灯依旧。

不见去年人，泪湿春衫袖。[1]

在人生的赴约之旅中，每一次立约都是种下因，每一次守信践约都是获得果，并为下一个善果种因。因与果之间就隔着一条诚信的距离。跋涉过这条诚信铺就的履约之路，遇上合适之人，办成应办之事。于是，可以信心倍增地去追求无数个待续的履约承诺：人我之间的承诺。每一次失约都是一次命运的折扣。当折扣太多时，命运本身也就廉价了。如果社会充斥太多的丧信失约，距离崩解就会越来越近。

---

[1] ［宋］欧阳修：《生查子·元夕》。

花海杜鹃永不对所有赴会人失约，因此天下人都信任她的美好，相信这份日久弥新的美好，尽管岁月变幻，但春天不会失约，高原杜鹃花不会失信。只愿看花的人懂得感念诚信。

言儿信儿，人生如果经常遇到守信而来的美好，那是一种莫大的幸运。一个人的心还是要有些挂碍的，故事的起初好像都是做个简单的约定，而后翘首以盼，未来可期。也许年少时的颠沛流离，在无数个雪夜中的踽踽独行，都是为了奔赴未来那个未确定的人生。

言儿信儿，来拉个钩，我会在未来等你们。

惊蛰于花园

问客杜鹃花语：长松为朋，古柏为友，修竹为宾，红梅为客。涵养精神，天地为怀。雪满山中高士卧，月明林下美人来。

Pine and cypress are my friends, while bamboo and plum blossoms are my guests. Cultivate the spirit, embrace the world. In the snow-covered mountains, nobleman is lying, and to the forest, the beauty comes in the moon light.

问客杜鹃

深藏心底、缄默的爱。

Deep and quite love.

百里杜鹃

花间阡陌·山水归程

主歌一

我属于你呀永远属于你

属于这片杜鹃花开的土地

红是赤诚，白是纯洁

年年如约绽放只为花开的约定

副歌：

浩瀚的花海是大地的初心

每一朵花开都是爱的传递

百里杜鹃百样深情

花开的土地永远属于你

主歌二

我属于你呀永远属于你

属于这片杜鹃花开的土地

黄是忠贞，紫是深情

年年如约绽放只为花开的约定

副歌：

浩瀚的花海是大地的初心

每一朵花开都是爱的传递

百里杜鹃百样深情

花开的土地永远属于你

第 十 章

—— 和而不同的杜鹃花

温馨六合

杜鹃花树的"和而不同"，不是人类外加给她们的虚构品德，不是无聊的拟人美化，而是她们实实在在的生存策略，是她们与同一块土地上的所有生命同生共长所必需的命运选择。

The "harmony in diversity" of the rhododendron trees is not a fictional character added to them by humans, nor a boring personification, but their real survival strategy, which is the fate's choice needed when they live together with all life on the same land.

言儿信儿：

你们问我，花海方圆百多公里，长的全是杜鹃花，看起来会不会太重复单调了？

这百里杜鹃的杜鹃花总体上的联合是大类划一，小种则秉性各异。大家族包含着数十个兄弟门户，是一个天然的杜鹃基因库，这些杜鹃花种类极为丰富，有马缨杜鹃、美容杜鹃、大白花杜鹃、露珠杜鹃、团花杜鹃、银叶杜鹃、多花杜鹃、映山红变种，等等，这些名字光是听起来都会引发广阔联想；花色有鲜红、粉红、紫色、金黄、淡黄、雪白、淡白、淡绿等，足以让人眼花缭乱。

漫步在百里杜鹃之中的五彩花路，看着这全世界占地面积最大的野生杜鹃林区，这些不同种类的杜鹃花树生长在不同的空间里，或是峡谷、山头，或是山的阴坡或阳坡。漫山的杜鹃颜色各不相同，不是一朵一朵地开着，而是大片大片地铺陈着，热烈得似乎要烧起来，形成一条花的彩带。

能够在百里花海万年生存的杜鹃花基本上都是各自所属群落的优势种，她们都会以自己的优势，以建群种建立起以自己为代表的群落，形成群落独有的景观特色。

马缨杜鹃是花海杜鹃花中的翘楚，属本土的优势种，她已经脱离灌木属性，而演化为小乔木，属于花海上层植被的占位物种，一般处于山体的较高处，形成以自己为主导的群落。

年复一年，马缨杜鹃的种子从母树上垂落在地，寻找发芽的机会。然后以母株为中心区域，形成兄弟姐妹的集群化生长。比起单独存活，这种集群生长更具有抗御竞争对手或其他侵害的力量。植株在"家族式抱团"中协调共生，与同类竞争，建立自己的群落主导地位。其他草木就在马缨杜鹃的庇护下，安然生长。群落中，身处领导地位的马缨杜鹃树群体得以形成景观学上的主体占位。这样形成的马缨杜鹃集群，每到花期都会展现为各具特色的"表演单位"，充分彰显自己的"艺术个性"。

在百里花海，迷人杜鹃真是花如其名，朵色粉嫩，似有荧光，风姿娇美。如此娇容却也是百里花海的强势存在，以优势种的力度带头建构群落。迷人杜鹃群落的结构由高到低，层次简洁分明，乔木层、灌木层、草本层，秩序井然。

迷人杜鹃群落内的生物多样性体现着这个群落独有的结构类型、"组织水平"、发展阶段，也反映着群落发育的稳定性。

在这个复杂的群落结构中，迷人杜鹃既处于领导地位，也与本群其他草木和谐相处，显示出很好的环境适应性。迷人杜鹃把自己的群落"管理"得很科学，也让自己生活得很浪漫。一丛丛，一片片，绽放在连绵丘岗，相伴于百鸟和鸣，铺展到云天相接，显示着自己群落的自然生产力和生态服务功能。

在百里花海的杜鹃花中，露珠杜鹃的花朵美态是别具风格的。她的伞形花序，管状或钟状花冠，与总类取大同之姿，而在花色方面，却一再强调自己的特点，有纯白、淡黄、粉红，兼有微紫。在这多色的花瓣上，大多均匀有序地点缀着褐黄、深紫等颜色的花斑，比纯色的同类们平添了几许俏丽。

露珠杜鹃也如马缨杜鹃和迷人杜鹃一样，属于花海杜鹃中的大类，作为优势种，也有自己组建群落的威望和力量。在露珠杜鹃为建群种的群落中，常有 20 种左右的各类植物共生，有山矾、小果南烛、细叶青冈、越橘、短柱柃、南方荚蒾等常绿树种，使得群落的覆盖度很高，随地形呈现整齐起伏的林冠。可见，露珠杜鹃也是个大度合众的"领导"。露珠杜鹃"和而不同"的君子风度颇为服众，其群落里甚至还给马缨杜鹃、大白杜鹃和迷人杜鹃留有地位。这样的组合使得露珠杜鹃群落在花期的时候显得五彩斑斓，风神照人。

百里花海的各类杜鹃树（很多种其实是灌木，而不是"树"，为了叙述方便，灌木粘了"木"，便也称之为树，下文不再赘述）都能够做到正确认识自己。如果产生自我认知偏差，自然竞争会予以及时矫正。

马缨杜鹃、迷人杜鹃和露珠杜鹃等优势种大都占据了海拔较高之处，在那里安家建群。身量相对低矮的杜鹃花树就都在海拔较低处安身，如果自己不足以拉帮建群，那就参与到其他的本土植物群落中去安身立命，大家"各抱地势"，自由生长，从天性而尽形寿，彰个性而展生趣。

花海杜鹃们的最大特点就是在自由竞争中形成了特色鲜明的个性化存在。从个体到由这些个体所组成的群体，莫不具有突出的个性化色彩。总体上，大家同类连枝，和睦相处。单体存在却又都个个"不同"，没有牺牲个性的苟同附和，真正实现了"和而不同"。

倒是人类的简陋干预让杜鹃群落的丰富性在逐渐流失。为了"扶持"杜鹃花更"健康"生长，茂盛发育，防止群落内的植物争夺营养，人为的"清灌除杂"工作正在使群落内与杜鹃共生的灌木和杂草被大量清除，其他植物种类的幼苗和杜鹃幼苗都遭到损坏，使群落内种类减少或流失，林内已经没有了原始的森林状态，正在变成"空林"，从根本上丧失了生态系统最为宝贵的生物多样性，从而加剧了种群的不稳定和衰退。这样的"清灌除杂"一定程度上破坏"和而不同"，强求一个简单划一的"大同"。这样的"大同"是不利于自然界的生命健康生长与合理演化的。大自然中的"和""同"以及"不同"，是自然生命们在千百万年自然进化中的命运选择，人为硬性干预会"有伤天和"。

科学适度地进行人工干预，以促进百里花海内各种杜鹃群落的自然更新，促进各类杜鹃花的生长和发育，是可以的。但需要在尊重生态学和植物学的前提下，在努力保持原生状态的情况下实施，而不是用打理菜园子的理念和方法，认为只留自己的那一个目标植株就是最好的"侍弄"。

在百里花海中，各类杜鹃之间的"和"有时具有意想不到的深度。不同种类之间甚至能够深度介入相互的繁殖工作，也就是杂交。大家根须纠结地生，枝叶厮磨地长，在繁殖问题上有时互通有无，也在情理之中。

过去，分类学一直认为，迷人杜鹃是一个独立物种。进一步的研究表明，迷人杜鹃原来是自然杂交的后代，她与马缨杜鹃、大白杜鹃、露珠杜鹃都有"血缘"关系，拥有这样的杂交优势，难怪"迷人"。

在百里花海，同一株杜鹃花树上会有三五种不同颜色的花朵，最多的可达七种颜色，就源于这样的杂交。更有意思的是，由于自然杂交后代的性状不稳定，会出现同一杂交后代的植株上一年花朵表现为 A 色，第二年就可能表现为 B 色。探查了花海杜鹃如此丰富的基因交换关系，也就不难看懂花海为什么在花开时节会有那般绚烂多彩。

花海杜鹃的杂交后代主要是来自于自然杂交的组合：马缨杜鹃与露珠杜鹃、马缨杜鹃与大白杜鹃、马缨杜鹃与皱叶杜鹃、露珠杜鹃与皱叶杜鹃、露珠杜鹃与大白杜鹃。马缨杜鹃与露珠杜鹃、马缨杜鹃与大白杜鹃这两个杂交组合出现的概率略高，迷人杜鹃便是这个概率中的产儿。

"百里杜鹃"的自然杂交，属于植物亚属内不同亚组之间的杂交，基因类同让她们之间的杂交可以相对容易发生，这是"和"在她们之间的深层含义。而土豆跟玉米之间，辣椒跟水稻之间，就难以实现如此方便的自然杂交。因为这些作物之间没有"和"的自然基础。"和"是需要根基性条件的。

杜鹃花树的"和而不同"，不是人类外加给她们的虚构品德，不是无聊的拟人美化，而是她们实实在在的生存策略，是她们与同一块土地上的所有生命同生共长所必需的命运选择。不这样做就活不好，甚至可能导致种群在原有生境中逐渐衰落，乃至被其他生存策略更为有利的种群所驱逐。自然界的演替在人类的时间节奏上，看似缓慢温柔，实际上却是果决无情的，每一朵花开都有它的用意。

言儿信儿，人类总难避免崇尚追求独特、小众，可令人啼笑皆非的是，追求小众这件事情本身就是很大众的行为，要么标新立异，要么泯然众人。很多人都曾在瓶颈时苦苦挣扎，执着于自己的能力，躺在曾经的荣誉上难免上下两难，于是便苦不堪言。想要挣脱的唯一办法只有笔直地面对自己，像一个新手一样重新开始学习去做每一件事情，找到你的天然属性，一往无前地走下去。

许多事情在变得有趣之前总是要经历一长段枯燥乏味的读条。人在选择自我攀登的时候，往往都成为了大众行为的敌人，收敛锋芒会招致痛苦与损耗。而且这条道路不可逆，一旦决定踏上，再想放弃，内心却早已与出发时不同，也无法再与众人同乐。

所以，若是有勇气，不如就笃定淡然，看看能走多远。

暮春于花海

花海万花在高原群山上绽放，是找到了距离太阳最近的地方打开自我。

Thousands of flowers in the "sea" bloom on the mountains of the plateau, and they found the place closest to the sun to bloom.

锦绣杜鹃花语：披挂朝霞登程，挥画高原彩虹。飞临锦绣花海，分享春风入梦。

Draped in the morning glow, she sets sail. She paints a rainbow on the plateau. Flying over the sea of beautiful flowers, she shares the dream in the spring breeze.

锦绣杜鹃

小心翼翼却又急切的心动。
Careful but eager love.

第十一章

仙境相逢

—— 相逢相知相敬

杜鹃花轮回万年，却一直保有山心水魂的新意。虽然看花人年年如流水，但所有看花人都在与花海的相遇中领受只属于自己的启发和感悟。

The rhododendron reincarnates for thousands of years, but it has always kept the new concept of the heart and soul of the mountain and the water. Although people are coming to see the flowers year after year, like flowing water, all of them are meeting with the sea of flowers to receive their own inspiration.

言儿信儿：

你们会喜欢跟陌生人相逢吗？假如有幸遇到了一个美好的人，从初遇到相知会有什么样的感受？在人生中，这也许是扩大外延、加深内涵的方式，你们会不会开始莫名地期待？

仰慕百里杜鹃花海之名，披拂一路春风，终于得见花澜滔山，芳草连天，预谋的初逢完美实现。

历代诗人咏杜鹃花的诗，都喜欢把杜鹃花与杜鹃鸟写在一起，杜鹃花开放的时候正好也是杜鹃鸟不停啼鸣的时节，于是总联想杜鹃花的红艳是杜鹃鸟执意留春，日夜啼鸣，导致吻边滴血，才染成如此花色：

杜鹃花发杜鹃啼，似血如朱一抹齐。
应是留春留不住，夜深风露也寒凄。[1]

这个传说在中国古典诗歌界的影响如此根深蒂固，以至于诗人们看到白色杜鹃花，也会认为是杜鹃鸟不曾飞到这些花面前，因而啼出的鲜血没有染到，所以使得这些杜鹃花是白色的。诗思是新巧的，让这个传说更为凄婉动人：

从来只说映山红，幻出铅华夺化工。
莫是杜鹃飞不到，故无啼血染芳丛。[2]

---

[1] ［唐］成彦雄：《杜鹃花》。
[2] ［宋］杨公远：《白杜鹃花》。

走进百里杜鹃花海，当看到杜鹃花潮水般连天翻涌的时候就知道，杜鹃鸟啼血染花的凄艳传说，跟这里的壮阔境界调性不合。

方圆百里的杜鹃林带万花齐放，春风吹动，花海如云似潮。漫山遍野间，红白浮动，紫粉相映。山山争芳斗艳，树树绚丽多彩。啼血杜鹃鸟在这样的氛围里，会被激励成为仰天长啸的山鹰吧。

来到花海的看花人不必成为山鹰。坐在尘世边缘倾听春鸟的独唱与和鸣，深情凝视一朵花，或对一大片花放目，会启动自己感受人生的另一种方式。

在百里杜鹃花海倾听花语鸟音，会觉得它们是一种天启式的语言，可以冲涤光阴的喧嚣。借助这样的启示认真倾听一下自己，然后再回首人间，会有助于更好地倾听世界。

与花海从初逢乍喜到且行且知，到渐入佳境，确实有助于扩展人生的外延与内涵。与百里杜鹃花海相逢，在花路流年上刻印一串草木葳蕤的足迹，是人生的延长。在花海的扉页上书写春风沉醉的留言，会让思绪随春飘荡。

茫茫花海与茫茫人海在大地上建构出两个意境，一个可以把瞬间站成永恒，一个可以把骏骨切成肉馅；一个让皱纹纵横的目光清澈如水，一个让滞涩轴重的心灵滑润如油。两个境界之间也不是油水相斥那样的分离，二者之间的距离只不过隔了一条说走就走的旅人之路，古今多少旅人在二者之间穿行。

道白非真白，言红不若红。
请君红白外，别眼看天工。①

---

① ［宋］杨万里：《苕林五十咏·文杏坞》。

杜鹃花轮回万年，却一直保有山心水魂的新意。虽然看花人年年如流水，但所有看花人都在与花海的相遇中领受只属于自己的启发和感悟。百里杜鹃花海北美绚烂，新意无穷。大自然原创的巨著，亿万人年复一年地前来诵读，每个人都读取了自己之所欲得，代代感悟常新。而且容许无数后来者对自己等待的领悟可以有取之不竭的期许。这样的著述绝对是人力难为的。

江山留胜迹，我辈复登临。这真是莫大的幸运。如此胜迹的无穷赐予足以让人肃然起敬。

"敬"曾是中国古代知识分子修己与待人接物的重要持身守则。剔除繁琐的传统规定，回归敬的原意而面对自然，它可以成为"大地伦理学"的基本概念之一。

对自然的敬首先是一种态度恭谨的尊重，尊重自然环境的生存和发展规律，精心爱护它的完整与天然，不以人的意志予以强加；不是放纵地消费大自然提供的一切资源，而是在科学保护的前提下实现合理开发利用，在利用中体现对自然价值的珍爱与重视。

人对自然的失敬首先体现在毫无敬畏之心的肆意掠夺，这种自私、自大是对自然万物的最大威胁。人站在自然万物面前的本能反应是：这东西好吃吗？好玩吗？能干什么用？这些发问都是以"我"为中心，甚至想把这个很有生命力的"我"作为一切的核心。人类对自然的一举一动都有着非常强烈的"我"的存在，甚至是"我"的延伸。这种自私、自大已经发展到狂暴增长的地步。为何？这都是人从自我本位出发而形成的冷酷、狂妄的占有欲，敬畏之心已然一丝不剩。

135

自大、自私地对待自然是一种病，对人类而言是一种致命的病。对大自然肆意妄为的掠夺终究会招致大自然的报复！

2003年非典，起因就是人们虐待一只小小的野生果子狸。疫药的惨痛教训让人们意识到这会带来怎样的恶果。可是，17年后，新型冠状病毒爆发，人们追根溯源，这与人类虐待蝙蝠和穿山甲以及其他多种野生动物依然颇有关联。这才又想起清查野生动物交易。结果发现竟然有那么多官方允准的野生动物市场存在，民间盗猎、偷贩、滥吃更是从未停止，汹涌泛滥。

一次又一次的疫病特别直接地告诫我们：即使用无神论的角度来看，这也会遭大自然的报复。我们为此已经实打实地遭受了不止一次惩罚，而且无论你是否做过损害大自然的事，但每个人却已经在这一场劫难中了，躲不开的。

如今看来，人类反思自己面对万物的态度确实还远远不到位，人类确实还没有学会如何摆正自己在自然中的位置。人类的道德底线已经无限接近法律底线，已经不再怀揣对自然的敬畏，都已经能够创造人工智能的人类，却还把自己安放在原始时期的掠食者、杀戮者的位置上。如今已经进入生态文明时代，对待万物的态度是当今人类文明进步程度的第一指标。

在春天赏花，摘下花朵为自己编织花冠，为了照相而攀上花树坳处造型，用力摇动花枝制造"花雨"，乃至折下花枝生火烧烤，这些都是人们曾经听过或直接见过的"赏花"行为。这便是对自然的不敬，是放纵的自我中心主义，是冒犯与损害自然的恶行。

在百里杜鹃花海赏花，从赏花人所持的心态出发去提出问题：

这是个体的"自我本位"的行为吗？肆意想象着，景为我而设，花为我而开，以自我为中心的任意索取心态来赏花，那就"游品"立减。"游品"就是内在修养所决定的旅游品味与风格。

那么，这种赏花是"花本位"的吗？当然也不是万物有灵式的自然崇拜，毕恭毕敬地赞花礼朵，也不是文青式的对花拟人。

人类的万古赏花心并非恒定不变的，它随着人类知识的积累、感受能力的进化、文明意识的增进而逐步提高，日渐丰富。

21 世纪的文明已经号称"生态文明"。这个文明已经开始提倡人类应该对自然万物承担伦理责任。对自然的敬意和尊重是人对自然应该持守一种伦理义务，这是一种生态伦理，"大地伦理"。

这个伦理态度也就是一种绿色的环境道德。这种环境道德伦理主张，只有人类敬重自然，自然才会敬重人类。在人与自然的互相敬重中，双方才能"相看两不厌"。敬则生德，敬则意诚。

置身百里杜鹃花海中，相看两不厌地欣赏自然，爱护自然，会得到一种"天启"。如果人们在欣赏自然之美的旅游活动中逐渐真心学会爱护自然，珍惜自然，进而坚持善待自然，保护自然，深情敬重自然，那人间福祉才会逐渐增进，个人才会在融入自然中增进修养。

言儿信儿，在我们第一次走进百里杜鹃的时候，你们对我说，我们就在这住下吧，把这儿变成一个新的家家。那副光景，光是想想，都已足够美好。面朝山岭，背靠着湖，天寒的时候便烫一壶酒，懒散地倚靠着窗台，小口小口地喝。等这冬天过去了，杜鹃花也就开了。到那时，再并排坐在杜鹃花林下，看云林绿野，杜鹃争艳。

相逢本身就带着它的偶然性与不特定性，这也给邂逅铺上了一层浪漫的底色，如果一场邂逅是经过精心策划得来的，那么这大抵也谈不上是相逢。愿你们带着最简单的行囊和最丰富的自己，浩浩荡荡地奔赴每一座城，去拥抱每一个遇见。也许某年某月，长大后的你们也会携着萍水相逢的人，共赴这杜鹃花约。

暮春于黄坪

人生会订立很多美好的约定，其中有不少都没能守信而至，这使得有阅历的人做出一个带有普遍意义的总结：人间不如意事十常八九。不如意，就是心中与人生的那个美好约定没能够守信而来。失约是不易承受的人生之重。

During the whole life, one will make a lot of beautiful appointments, many of which fail to come, and that makes those who have experienced life make a general conclusion: there are many unsatisfactory things in the world. Unsatisfactory is that the beautiful appointment in their heart and life can not be kept or come. Missing appointments is an unbearable weight of life.

百合杜鹃花语：凝望是幸运的心许，思念是纯洁的眷恋。心溶于一池澄澈的追忆，便是柔婉充盈的永恒。

Waiting and watching you is the good wish, and missing you is pure love. The heart dissolves in a pool of clear memories, which is the eternity of tenderness and fullness.

百合杜鹃

爱的人总会在你身旁。
Your love is always by your side.

第十二章

人生如花

—— 如花般打开自我

虽然你是什么花决定你怎么开，但你只能通过怎么开来呈现你是什么花。

Although what flower you are determines how you bloom, you can only show what flower you are by how you bloom.

言儿信儿：

有一个问题，应该向每一个春天里的旅行者发问：人们为什么都喜欢看花？人们在花里到底看到了什么？

可当人们进入连绵百里的杜鹃花海，看到连天接地的视野里都是绽放的鲜花，视觉美以浩然气势冲击而来，这个问题的答案也已悄然在众人心中落定。莽莽苍苍的高原丘山间万花绽放，从视觉之窗进入的心灵震撼，会让这个问题的答案进入更深层次。这是空间提供的答案。

有时间提供的答案吗？

翻开中国最早的诗歌总集《诗经》，里面有对鲜花充满热情的描写：

桃之夭夭，灼灼其华。
之子于归，宜其室家。①

桃树生长得极为茂盛，盛开的花朵娇艳似火。一位姑娘出嫁，找到了合意的归宿。爱情之美与生活安逸都是用满树桃花来喻义的。原来诗与花早就结缘了。

《诗经》可不止一处写到花：

有女同车，颜如舜华。②

---

① 《诗经·国风·周南·桃夭》。
② 《诗经·国风·郑风·有女同车》。

诗人写道：有位姑娘和我在一辆车上，脸儿好像木槿花一样漂亮。诗人这时候一定真正感受到了什么叫"如坐春风"。跟春花坐在一起，天没刮春风，心里也一定荡漾春风。可以说，《诗经》里这首诗的作者是中国文学史上第一个把女人比成鲜花的天才。后来使用这个比喻的人都也许是在做《诗经》的学生，这个身份足够尊贵，不会因为是"袭用"而蒙受缺乏创新力之讥。

维士与女，伊其相谑。

赠之以勺药。①

少男少女，互相嬉笑戏谑，送芍药花订约。赠美女以鲜花的习惯至少在《诗经》时代就存在了。

《诗经》里的鲜花总是与美女相提并论。这也难怪百里杜鹃花海的花期里总会有如云美女来看花。这都是《诗经》开创的鲜花与美女并存的"花文化"传统使然。

中国文学史上第一位"专业级"的伟大诗人屈原酷爱花朵，他在《离骚》中写道："朝饮木兰之坠露兮，夕餐秋菊之落英。"《九章·惜颂》中写道："播江离与滋菊兮，愿春日以为糗芳。"他用花朵上的露水作为饮料，直接拿花瓣当干粮。诗人不仅餐饮鲜花，还穿戴鲜花："制芰荷以为衣兮，集芙蓉以为裳。"（《离骚》）他把鲜花作为自己高洁精神的象征。

大诗人陶渊明简直就是菊花之神，一句"采菊东篱下"，

---

① 《诗经·国风·郑风·溱洧》。

让屈原开创的高洁的花文化精神进入了飘然欲仙的境界。"秋菊有佳色，裛露掇其英。泛此忘忧物，远我遗世情。"则是表现出佳人和着秋露，摘下菊花。欣赏菊花的美丽，让诗人完全忘记了尘世的忧烦。

北宋著名学者周敦颐为人淡泊宁静，酷爱莲花。他在自己的宅居旁凿池种莲，常于池畔品茗赏莲，写下了传诵后世的《爱莲说》。

宋代诗人林逋以"梅妻鹤子"著称，梅花被看成"妻"。他因对梅花的挚爱而写下了千古绝唱的《山园小梅》：

众芳摇落独暄妍，占尽风情向小园。
疏影横斜水清浅，暗香浮动月黄昏。
霜禽欲下先偷眼，粉蝶如知合断魂。
幸有微吟可相狎，不须檀板共金樽。

在苏轼的《海棠》诗中，可以看到诗人爱花到了何等地步：

东风袅袅泛崇光，香雾空蒙月转廊。
只恐夜深花睡去，故烧高烛照红妆。

在海棠盛放的春夜，诗人在花旁点燃高烛。是害怕花睡熟而不那么精神了吗？其实，诗人不是怕花睡去，倒是怕自己睡去而减短了与挚爱的海棠花朵清醒共处的时间。

古来留下的无数诗词书画中，多有鲜花的歌咏与倩影，艺术家们以真挚的感情，精微的观察，细腻的笔触，描绘春花，咏叹春光，创造了中国艺术的海量"涉花"杰作。这些杰作是艺术史的菁华构成部分，是中国"花文化"艺术皇冠上的明珠。

存在于文人雅士中的爱花赏花形成了中国的精英花文化传统。大众生活中，也广泛存在着民俗式的爱花传统。这是中国花文化传统的另一个构成部分。

五代学者王仁裕《开元天宝遗事》卷上记载："长安侠少，每至春时结朋联党，各置矮马，饰以锦鞯金络，并辔于花树下往来，使仆从执酒皿而随之，遇好圃则驻马而饮。"这种赏花形式称为"看花马"，既为时尚趣好，也彰显身份品位，在当时极为流行。

唐人还流行"斗花"，大家各出奇花艳朵，比拼高下。斗花风尚使人们极力搜求名花，由此带动了当时的花产业繁荣，养花、卖花以及花品交易都成为固定行业。

大诗人白居易作《买花·牡丹》诗，写的就是当时都城长安的赏花民俗：

帝城春欲暮，喧喧车马度。

共道牡丹时，相随买花去。

贵贱无常价，酬直看花数。

灼灼百朵红，戋戋五束素。

上张幄幕庇，旁织巴篱护。

水洒复泥封，移来色如故。

家家习为俗，人人迷不悟。

社会赏花风俗不会因朝代更迭而中断。宋代依然延续唐风的花俗。宋代学者邵伯温《闻见前录》记载说："洛中风俗，岁正月梅已花，二月桃李集花盛，三月牡丹开，于花盛处作园圃。四方伎艺举集，都人士女载酒争出，择园亭胜地上下池台间，引满歌呼，不复问其主人。抵暮游花市，以筠笼买花，虽贫者亦戴花饮酒相乐。"这写的是北宋时期每到春天，洛阳全城都沉醉在花香之中，花圃遍地，花人如海。

即使南宋只剩下半壁江山，春时赏花仍是气氛浓烈。南宋学者吴自牧《梦粱录》记载："仲春十五日为花朝节，浙间风俗，以为春序正中，百花争放之时，最堪游赏。都人皆往钱塘门外玉壶、古柳林、扬府、云洞，钱湖门外庆乐、小湖等园，嘉会门外包家山王保生、张太尉等园，玩赏奇花异木。"

唐宋民间及春赏花的民俗到元明清一直延续。直到已经高度现代化的今天，在中国乃至世界，全人类依然都无法抑制对鲜花的喜爱。而且每个民族都有各具特点的悠久的"花文化"传统。

说悠久是因为人类爱花传统可以追溯到原始时代。科学研究认为，人类在进化过程中需要良好环境来生存，而花朵是良好环境的标志性符号，于是，人类进化过程中会逐渐强化喜欢花的种族遗传基因，而后对花朵美的感受扩展到文化层面和精神情感领域，致使鲜花后来给人的感觉更多的是影响精神层面。

在历史文明发展中，鲜花逐渐主要用于满足人们的心理需求，平静心情，放松神经，减轻压力，活跃思维，振奋精神，带来良好情感体验，增强愉悦感和幸福感。正是这些"美好感觉"

让人类对花朵一直钟爱有加。

更为科学化的研究还表明，花卉通过颜色、气味、形态等作用于人的各种感官，可以改变大脑中的某些化学物质，激发出人的积极情绪，引起深层的心理变化，在提振积极心态的同时，还能够激发创新意识。

在一切都多元化的现代，爱花的理由纷繁多姿，爱花理由一定比爱花人多很多，因为每个爱花人在不同人生阶段、不同情境下，会有不同的爱花的理由。甚至很多人说不出爱花的理由，但这一点儿都不妨碍对花的挚爱，很可能，无理由的爱是最高境界的爱。当然，无论如何，人爱花的理由总不如花多。

鲜花绽放就是花朵寻求以最美好的方式打开自己。花的诸多打开方式感染着人，启发着人来寻找属于自己的打开方式。古往今来，人们都喜欢看花，理由之一就是在移情中寻求属于自己的美好打开方式，激发人生打开的热情。与万花绽放相遇是人生的一种打开方式。人在花朵绽放的启示中禅悟着打开方式的升华。

今天的许多爱花人，常常希望用花语述说自己的心语。也许是语言太过单薄，无法将情意表达得彻底，于是，每一种鲜花被人们赋予了一种或多种花语，或者几种鲜花组合起来，表达更复杂的花语，以述说人的更丰富的心语。从此，如同静谧如墨的黑夜亮起了星河，花语成为人向他人和世界打开心扉的美好方式，含蓄的人类，终于能够找到值得依赖的感情载体，获得了浪漫、庄重。

百里杜鹃花海正在成为当代中国花文化的宏伟景观之一，

为当代中国的花文化建设提供源于"天意"的精神，也激励每个来到花海的现代人，积极创造属于自己的最美好的人生打开方式。

每个春天，百里杜鹃花海的鲜花盛开是高原进入"花季"的标志，日暖风和中铺陈百里浪漫。山风吹过，杜鹃花如同霞光云锦，华美洋溢，一泻百里，连苍茫的天际线都被染成彩色的波涛在涌动。这个天造地设的流程不断在强调鲜花的绽放原理：虽然你是什么花决定你怎么开，但你只能通过怎么开来呈现你是什么花。

花海春花潮是高原群山的合唱，这曲合唱让巍峨显得柔美，让磅礴呈现温馨，让跌宕化为曼舞。高原因此找到了一个别样的自我打开方式。

花海万花在高原群山上绽放，是找到了距离太阳最近的地方打开自我，面向苍穹，舞动出生命的巅峰。

山花舞，岩姿能笑禽能语。
禽能语，百年心事，一犁春雨。[①]

言儿信儿，还记得吗，在每一个凉爽的夏夜，我都会和你们一起坐在阳台上，带你俩逐个指认天上的星座。你知道宇宙为什么辽阔得无法估量吗？因为它为我们每个人，都提前准备好了各自的位置。

---

① ［元］许有壬：《忆秦娥·山花舞》。

又是一年阳春三月，宜百花盛开，争奇斗艳，忌讳百花丛中一枝独秀，容不下人群拥挤的理想与光芒。

我愿你们像花一样打开自我，去探索，大步向前。你们会走得很远，远过这历代的群山，远过这片高原花海，直到靠近星河。大可不必慌张，因为月光会搂你入怀，长风会将你托举，一路上也自有繁花相送。

晚春于花海

夫君子之行静以脩身俭以养德非淡泊无以明志非宁静无以致远夫学须静也才须学也非学无以广才非志无以成学淫慢则不能励精险躁则不能治性年与时驰意与日去遂成枯落多不接世悲守穷庐将复何及

诸葛亮诫子书 庚子四月 管峻书

《诫子书》

诸葛亮

全文

夫君子之行，静以修身，俭以养德。非淡泊无以明志，非宁静无以致远。夫学须静也，才须学也，非学无以广才，非志无以成学。淫慢则不能励精，险躁则不能治性。年与时驰，意与日去，遂成枯落，多不接世，悲守穷庐，将复何及！

译义

凡是道德修养好的人，都是通过保持内心的平静来修养身心，通过节约俭朴来培养自身的高尚品德。

如果不清心寡欲，就不能明确坚定自己的志向，如果内心不安定清净，则无法实现自己的远大理想。

学习，要静心专一；才干，来自努力学习。如果不学习就不能增加自己的才干，不明确志向就不能在学习上取得成绩。

纵欲放荡、态度消极怠慢就无法勉励心志以振作精神，冒险草率、急躁不安就不能陶冶性情修养自身。

年华随时光飞驰而衰老，意志随岁月流逝而衰落。导致最后人生枯败零落，大多不为社会所用，只能满怀悲伤，困守自己破旧的屋子，到那时，虽然悔恨，可又怎么来得及？

157

百里杜鹃

花间阡陌·山水疗程

君子之行

花开了

我们尽情地欢愉

花谢了

我们去梦中寻找

杜鹃花开了

那是爱我的人

最好的祝福

杜鹃花谢了

那是我们相约

将爱镌刻在大地上

对自然的敬首先是一种态度恭谨的尊重，尊重自然环境的生存和发展规律，精心爱护它的完整与天然，不以人的意志予以强加，不是放纵地消费大自然提供的一切资源，而是在科学保护前提下实现合理开发利用，在利用中体现对自然价值的珍爱与重视。

Respect for nature is first and foremost a respectful manner. We should respect the laws of existing and development of environment and take care of its integrity and natural characteristics. Do not impose it with human will, or indulgently consuming all resources provided by nature, but cherish and value the nature.

言儿信儿：

　　走进杜鹃花海，深入体会杜鹃花海的方方面面，会让人对杜鹃花心生深度爱意，你与她们会产生一种浓厚的爱意与眷恋。这种爱意与眷恋会化为一种亲和。就如同《孔子家语》中所说："与善人居，如入芝兰之室，久而不闻其香，即与之化矣"。这是说，与品行优良的人交往时间长了，就好像进入了摆放芝兰一类香花的房间，久而久之也会习以为常，闻不到它们的香味了。但这不是因为它们不香了，而是因为你被它们的芬芳"融化"了。或者说，你与这样的芬芳成为"同质化"存在了。在为人处世的过程中，也要如这般，少一些锋芒毕露的洞察世事，多一些实在的内敛去投射自己。人的品质中最重要的是善良纯真，其他的都可以弥补改善，唯有善良是最基本的品格，心怀善良，自然就会宽容、温柔地对待他人。

　　中国自古就把芝兰比喻为君子。居芝兰之室便如同与君子相交。在杜鹃花海中与杜鹃花相处，逐渐也就会有类似的感觉。因为杜鹃花也是如同芝兰一样的君子之花。每个进入杜鹃花海的游人，在获得耳目之娱、身心之畅的同时，一定还会产生在品格修养上"与之化"的收获。如果说生命是一场交易，你用行走来获得内心精彩丰盛，摆脱生活表面的相似、重复，也挺值得的。

我向你们描述了杜鹃花海的那么多特性与品格，你们或许也会产生同感。

外出旅行本身就是一场君子之行，与人友好之行，与环境友好之行，与他乡文化友好之行，以此丰富自己的君子德行。我热切地希望你早日实现深入百里杜鹃花海的"君子之行"，让有意义的旅行成为培育自己品行的快乐式修养途径，把自己在平时单薄的纸上阅读与"大地上的阅读"自然融合起来，实现"读万卷书，行万里路"的内外兼修。

明代书画家董其昌在《画禅室随笔》中说："画家六法，一曰'气韵生动'。'气韵'不可学，此生而知之，自然天授。然亦有学得处，读万卷书，行万里路，胸中脱去尘浊，自然丘壑内营。"他讲的是绘画学习的法门。他认为绘画所必需的"气韵生动"是一种天生的禀赋，没有办法从后天学习中获取。但有弥补的路径，那就是"读万卷书，行万里路"。这样能够开阔眼界，涤荡胸襟，脱去尘垢污浊，自然可以形成绘画艺术所必需的艺术创造力，也就是通常所说的"胸中丘壑"。董其昌这里讲的是绘画方面的艺术修养培育方法。其实，整体的人格修养也可以通过这种方式提升。这是一种内修外炼的功法。

读万卷书，行万里路，这句话把"读万卷书"放在前面，有着它的道理。我们确实先要读万卷书。读书让人有丰富的知识储备，能培养出较敏锐的观察和思考能力。然后去行万里路，才能够知道看到哪些肉眼看到的，又看到了哪些肉眼没有看到的。有能力选择恰当的观察角度，准确而有深度地理解并欣赏自己所看到的一切，这才是旅行让人身心愉悦的所在。如果没有这些准备知识而盲目上路，那也就只能浮光掠影地看看热闹，会错过许多真正富有极大观赏价值的东西。浮泛观赏，像吃快餐一般追求效率的旅行也并非不行，但也如同快餐一般，并不能给人带来足够的营养。也就是说，投入了不少时间与金钱，实质的精神收获却很少。

在物资匮乏的年代，找不到万卷书，也没有钱支持一个人去行万里路。而如今，许许多多的人都有了这个条件。当人人都深刻领悟这个道理并付诸实践的时候，会使得社会文明达成明显的普遍提升。特别是对孩子们而言，这种高要求的旅行是素质教育的重要方面之一。

中国的传统教育自古以来就侧重于对孩子的品格培养，父母无不希望自己的孩子能成长为谦谦君子。

孔子最为推崇的圣人是周公，他是西周王朝的重要奠基人之一。《尚书·无逸》记载了周公教育晚辈的话："厥父母勤稼穑，厥子乃不知稼穑之艰难乃逸，乃谚既诞。否则侮厥父母曰'昔之人，无闻知！'"周公敏锐观察到当时的社会教育状况：有些做父母的人终日勤劳耕作，可孩子们却居处安逸，不知劳作之苦，一味追求享乐，结果变得傲慢无礼，不听父母教诲。这样没教养的孩子甚至会说父母是过时的人，什么也不懂！周公对这种状况痛心疾首，他认为，家教应该使子弟在勤学多思中懂得人生艰辛，关心社会疾苦，这才能够免于因贪图安逸而造成的自身祸殃。正是基于这样的认知，周公对儿子伯禽循循善诱，全面培养，使伯禽成长为一个谦虚谨慎、勤勉能干的人，而不是一个骄奢淫逸的官二代。

从周公到孔子，奠定了中国教育注重品德训导、文化培育的传统。

中国的传统教育里注重品德训导、文化培育的教育思想直到今天都是很有现实价值的，甚至具有多方面的教育意义。例如，在杜鹃花海旅游，眼中固然主要是花海之美。可是如果你把眼光再投入深一点，就应该看到，为了这花海之美，有多少人在辛苦付出。那些景区维修管护的劳动者勤勉谨慎，年复一年，起早贪黑地精心照料着景区的一草一木，就像周公所说的"父母勤稼穑"。这些劳动者如同"稼穑"一般辛苦地维护花海之美，如果旅游者像周公所批评的人那样放肆无礼，任意胡为，不仅是对花海建设者劳动成果的践踏，更是对这人间艳景的极不尊重！珍惜景区风景之美，自然也就更该珍惜景区建设者的劳动，在观赏过程中懂得爱惜这里的一草一木。

如果认识到了景区建设者的辛勤付出，那也还可以把思路与视野再进一步拓展：为了这景区之美的保护，多少周边的种田人，即使收入不高，粮食紧缺，也不占用花海景区的一寸土地；同时像我在前面信中写到的，花海下面就埋藏着丰厚的优质煤层，但并不富裕的本土人民也不去采煤换钱来改善自己的生活。他们就是这里土生土长的人，他们天生应该享有这块土地上的资源，但是为了更多人的旅游审美，为了子孙万代的绿水青山，他们放弃了自己最为直接而切近的利益。这是每一个花海游人都应该看到、想到的。如果有了这样的旅游视野与心思，这才是一个有心的旅游者。这样看多了，想多了，就更会珍惜这些旅游资源，珍惜自己的旅游机会。这些都是放下书卷、用心去行走时的收获。

千古贤相诸葛亮总是特别注重对后代平时"教养"的培育，他在《诫子书》中说："夫君子之行，静以修身，俭以养德。非淡泊无以明志，非宁静无以致远。夫学须静也，才须学也，非学无以广才，非志无以成学。淫慢则不能励精，险躁则不能治性。"诸葛亮告诉儿子，君子的品行需要依靠内心安静来修养，以朴素节俭来培养自己的品德。不恬静寡欲就无法明确志向，不排除外来干扰就不能达到远大目标。人太需要一些悄无声息的时刻，隐于自律的屏障里，认认真真地学习，向外生长，由艺入道。学习必须静心专一，而才干来自勤奋学习。如果不学习就无法增长自己的才干，不明确志向就不能在学习上获得成就。纵欲放荡、消极怠慢就不能勉励心志使精神振作；冒险草率、急躁不安就不能修养性情。总有人问及读书的意义，其实在我看来，读书从来就不需要有什么意义。如果非要提读书的益处，我觉得读书的其中一个益处，是能填补每个人人生阅历的空白，我们并不用格外看重阅读过程中的痛苦和孤独，要学会去包容，去溶解这些破碎的生活点滴。

诸葛亮强调的这种修养培育方式其实可以落实到人生的方方面面，包括貌似简单的旅游。试想，静、俭、学、淡泊、明志、致远、广才，人生何处不需要这些自我要求呢？

南北朝时期的学者颜之推留下一篇著名的家训，其中说道："吾见世间，无教而有爱，每不能然。饮食运为，恣其所欲；宜诫翻奖，应诃反笑。至有识知，谓法当尔。骄慢已习，方复制之。捶挞至死而无威，忿怒日隆而增怨。逮于成长，终为败德。"

颜之推说，世上有一个普遍现象是，孩子很小的时候不注重对孩子的言传身教，只是一味地溺爱。这样的溺爱是，孩子要吃什么，要干什么，任意放纵，不加约束管制。该对孩子训诫时反而放纵，该训斥责骂时反而毫不在意。这样放纵下去，等到孩子懂事时，他们就会认为生活本来就该是这样。长大了的孩子已经把骄纵怠惰固定成了自己的习惯，这时父母才开始加以管束，那即使再多的道理，甚至采取棍棒教育也树立不起规矩的威严了，父母愤怒得再厉害也只会增加孩子的怨恨。这样，等到孩子长大，最终会成长为与理想相背离的人。一个人的成长与原生家庭的影响以及父母的教育方式离不开，最好的教育是长久的陪伴，陪孩子成长。在孩子只需要一个拥抱时，你却用一些庄严的大道理去搪塞，当孩子长大成人后你想再去寻找那份亲情间的温馨，试图去弥补孩子成长过程中的陪伴，那我觉得已经没有这个必要。

颜之推在1400多年前所描述的现象，直到今天都普遍存在。他的深刻提示是每个现代人都应该给自己敲个警钟的。

即使是在旅游过程中，都可以感受到颜之推说的多么有道理，从小被教育得懂规矩的人和压根不懂规矩的人差别极大。旅游是观察一个人的重要契机。旅游时一个人进入了"生人环境"，没有了"熟人社会"的监督，好像挣脱了一副枷锁似的。这时候总难免会放飞自我，原形毕露，因为似乎做好做坏也都无所谓。

但相对来说，一个人在旅行到"生人社会"里还能够保持在"熟人社会"里的规矩意识，还能够善言良行，那么，可以说，这个人的品行道德是内外一致的。但如果一个人在"熟人社会"里貌似品行良好，旅行到"生人社会"就放肆不堪，那他就是"两面人"，其有教养的一面想来是多么不堪一击。教养是每个人宝贵的财富，但如何始终用教养拘束自己的言行举止，才是教养本身的价值所在。因此每一位父母都应该致力于对孩子从小加强人格培养，而最佳的培养途径还是读书。

人生而破碎，才会需要用书来修修补补。一个人的修养便是在这样的空白过程和破碎段落之中点点滴滴逐步形成的。人与人，也就是从这一点一滴中产生了千差万别。

唐代大文学家韩愈有一首题为《符读书城南》的诗，这是像诸葛亮《诫子书》一样的诫子诗。韩愈的儿子韩符将进入城南学堂读书，作为父亲的昌黎先生就写了这首诗，劝勉儿子一定要用功读书：

木之就规矩，在梓匠轮舆。

人之能为人，由腹有诗书。

诗书勤乃有，不勤腹空虚。

欲知学之力，贤愚同一初。

由其不能学，所入遂异闾。

两家各生子，提孩巧相如。

少长聚嬉戏，不殊同队鱼。

年至十二三，头角稍相疏。

二十渐乖张，清沟映污渠。

三十骨骼成，乃一龙一猪。

……

问之何因尔，学与不学欤。

诗的开篇写道，如同木匠使用"规矩"可以把原木制作成材，只具有生理构造的人能够变成有品格的人，就是因为腹中有诗书的充实。勤学让人有修养，不勤学则使人腹中空虚。人在幼小时代都是一样的，没有什么贤愚之分。随后学与不学的两种活法，让人与人之间出现了巨大差异。比如两个孩子从小一样嬉戏玩耍，跟一群小鱼没有什么不同。到十二三岁的时候，性情品格出现差别了。到二十岁左右的时候，差异明显得如同清溪与污水沟。到三十岁成人了，一个蠢得像猪，一个简直是人中龙凤。是什么造成了这么大的反差呢？就是一个肯读书学习，一个不喜欢学习上进。

韩愈把这个道理讲得清晰透彻。

读万卷书，行万里路，就是强调先要大量阅读写在纸上的书，学会做一个有知识、有教养的人，然后去读取写在大地上的书，把这两者互相对照、印证、融汇，让自己得到全方位的充实。到了这个境界，自我修养才是完满的。

其实我特别建议大家多给自己设计一些目标，这些目标不一定非要多宏伟、多峥嵘，有可能只是静下心来读完一本书，学习一项技能，学做一道菜肴，出一趟远门旅游，或是稍稍停驻，聆听一次细雨打窗或盛夏蝉鸣。这些小小的目标，都可以捕捉到隐蔽在生活角落的灵犀，为自己在无边黑暗中撑开一道道细微的裂缝，你只需静心等待那轻微的爆裂声响起的一刻。

　　言儿信儿，来吧，把百里杜鹃花海作为自己君子之游的开篇之作，因为这里遍地生长着君子之花，她们已经在这里千古屹立，等待你的到来。你们要相信来日方长，谨慎勤奋，步步为营。

谷雨于百里花海

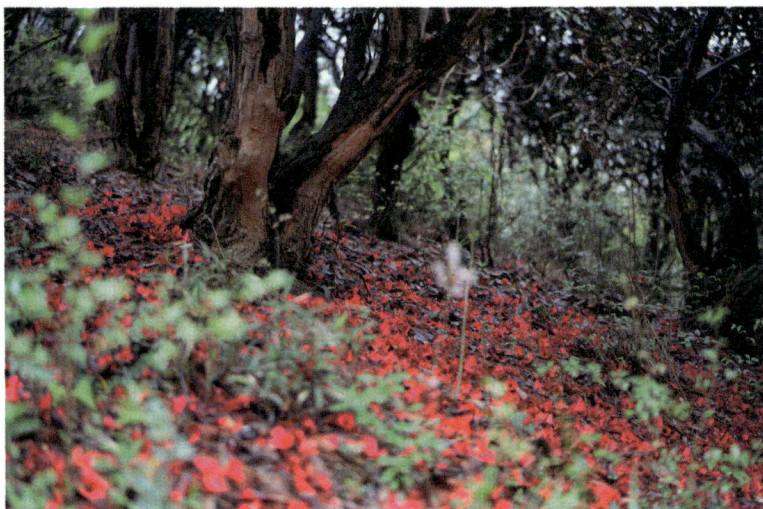

人生最美好的词语，失而复得，如约而至。

百里杜鹃的山间云雾迷蒙，气息澄清绵长。撑伞过桥，桥洞下有一湾溪水汩汩地流着，山是蓝色的，薄亮透明，雾气浩荡地对流着浮在跌宕的山峦间。荫蔽的山脚下，遥见彼岸花开。

在百里杜鹃看到彼岸花开并不是一件很稀奇的事，山脚荫蔽处、河滩上这些阴暗潮湿的地方都能够看见一丛丛彼岸花。彼岸花有着一个美丽的传说，这也是每每吸引我向它们注目的缘由。传说中，彼岸花是开在冥界忘川彼岸的如血般妖冶、绚烂的花，有花无叶，当灵魂度过了忘川便忘却生前的种种，曾经的一切都留在了彼岸，执念便开成了彼岸花。

彼岸花是一个很美的名字，读来似乎带有一抹凄凉的意味。彼岸花花开时不见叶，有叶子时看不见花，花叶两不相见，生生相错。相传彼岸花开在黄泉路上，给离开人间的孤魂们一个指引和安慰。人类就是这样奇怪的生物，很盲目，很感性，特别适合被神或者魔鬼蛊惑。

相信来日方长，却又向死而生，一生惶惶恐恐地在人间走一遭，早早地把目光投到下一轮回转世的彼岸，相信有着某个东西真的牵挂着自己，但那到底是佛陀、魔鬼或者忘川河上的摆渡人，并不重要。

我们为什么那么渴望爱呢，除却它是一个引人无限遐想和令人愉悦的字眼，还有着丰富的内涵。有信任便会有背叛，有相聚便会有离散。但就算真如此，仍会给人足以走下去的果敢与勇气。

如果你真的对一个人心有牵挂的话，会有那么些个时刻特别思念，像站在桥边望，能听见心中有点怅然的沉默。世事不经想，都一样轻悠悠的，风一吹便散了，只等世间的烟雨再卷土重来，拥抱片刻的平息。

人生多么无奈，每一场相遇都是离别的隐喻。

黄昏雨后，暮归时分走在山间的小径上，两个孩子轻轻跳跃过路上浅浅的水坑，忽然拉了拉我的衣角指着天边又惊又喜地说："爸爸！爸爸！你快看，天上有一座彩色的城堡。"我应声抬头，天边暮云厚重地堆积着，染红的云霞竟然真的隐隐地撑起了一座天空之城的脊梁，太奇妙了。

我不由得轻轻地惊呼一声，我已经多久没认真地看过日落了？也许是不知名的因果，才让我携着一对幼子站在这儿，又在落日时分重现了一次童年时的惊心动魄。生活里能够有回响的事情太少了，失望是常态，不再患得患失反倒成了落落大方的谈资。而这一刻我却想着，也许那些生活中让人灵光一现的瞬间之所以无预兆地突然重现，是想告诉我，我曾失落的美好，一直在等待着被我找回。

我站在桥上，看暮归的人各自回家，在屋檐下奔走。有几位姑娘站在桥边放声歌唱，没有歌名，没有歌词，就像天赐神授。我并不属于他们之中的一员，也不是过河人，只是碰巧路过，混在队伍里陪人们谈笑一番，人群散去后，我也就回家了。桥洞下的水流潺潺沿着河道奔赴下一个桥头渡口，桥洞上的人挠挠头欲言又止，算了罢，踩着余晖回家。就用生命的两大秘密，"欲望和厌倦"，来定义这些不可计数、无法命名的时刻。

我感叹有幸一直在路上，也感慨不幸未能遇到你。此番修饰，是舍不得此岸，也放不下彼岸。

人间的一切，都抵不过花开花落。红色的彼岸花，又名曼珠沙华，出自《法华经》，本名摩诃曼珠沙华，意思是开在天界之红花。彼岸花的花语是：

悲伤的回忆。

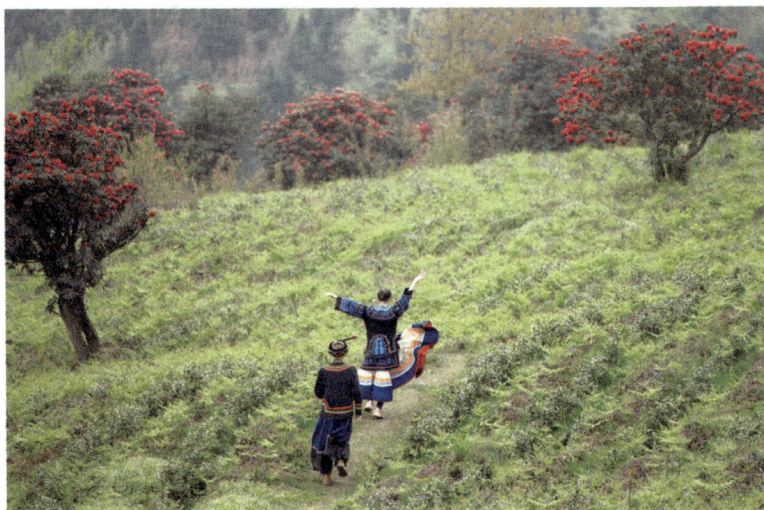

无由来地，又开始思念。

人生已经过半，当我再度逃离城市的中心后，在一片花海之中与我一对幼子听蛙鸣，数满天繁星。想起了儿时您也曾像这样带我到田地里，看满田盛开的白色芝麻花。

我最大的遗憾，母亲，不是未来的每一个场合都只能多出一张空空的椅子，而是我早有预感，我有可能等您不到。其实我希望您可以留下来，看云卷云舒，看着含朝露、带暮云的晚风，撩落夜幕中的星辰，一颗一颗坠落在万籁俱寂的谷底，火花里开出一朵朵杜鹃。

我一朵都不想要，如果您可以留下。

从前的日子里您似乎总那么爱唠叨，从客厅说到厨房，从"养儿防老"说到餐桌上的三菜一汤。

我也总是差那么点耐心，老和您拌嘴，话赶话没几句就开始吵。现在回头想想我回应您的话语，似乎一半都毫无意义。但我还是说了出来，是为了让另一半没有说出的话能够抵达。

现在我只希望，那时没能说出口的另一半话语您都能懂。我虽然不说，但请您千万理解。

我想终于能平静地接受别离，但仍需要一些时间来消化。从卧室的窗台探身往下看，高大的香樟树下有人乘凉，厨房里空荡的冰箱，缄默的阳台，都虚飘飘地刺进日子里。这些从前我未曾留意过的细节开始像一张张斑驳的老相片，失了真，方开始动人。

我用什么才能留住您？都说长者智深，可在亲情面前，知天命者和年轻人也都一样，感情难以平复。

又是一年花期，春日渐暖后万物复苏，您生前留下的花草已经尽数盛开，可您却没能等到这番光景。我用什么才能留住您？是您给了我一个久久盼着花开的人的悲哀。

我坐在阳台上，望着灰蒙蒙的蓝色天际，和远处不知名的楼宇，想象着您从这儿望出去的风景，也许您是坐在这儿，把相片来来回回看了五六遍，才犹豫着给我拨打了一个电话。

人间已是四月天，花也已经开到了荼蘼。我这才明白，从前的日子，您只需要在我身后，便任凭人间风雨琳琅。这时忽然想起一个词，"悲愿"，这是一个佛教词语，本意是"慈悲的誓愿"。宋朝范成大诗曰："偶然宴坐百千劫，神力悲愿俱无穷。"

但对现在的我来说，也许从字面上去理解这个词更简单，也更贴切。我对您的思念只是一个悲伤的愿望，但我却能从中感到真实的喜乐。

母亲，当我又独自坐在阳台上，看着这幕曾映入您眼底的风景，晚来小雨，蛙鸣慢吞吞地拖着，湿润的空气里弥漫着樟树香。

啊，原来你还在我身旁，看雨后山前，花开花落。

偏执地喜欢那些有腔调的美，就是要让人侧目，就是要让人惊呼，直教人满眼满心的欢喜。

初识百里花海，只觉得窗外的春意要延伸到室内，漫山开着热烈得要烧起来的杜鹃花，那灼热的红色一路浩浩荡荡地延伸到远处的山峦去。

当人遇见超出经验的景色，在找不到合适的语言前也只能俗气地赞美了，真美呀。

能够携一对幼子一同为百里杜鹃担任亲子游形象大使，我十分荣幸，能顺利为百里杜鹃撰写此书，我想这其中离不开百里花海的福佑以及杜鹃花神的祝福。

信任对我来说是最宝贵的东西，是的，我的心曾毫无顾忌地相信，人与人的接壤也不过是一句句承诺的堆砌，看见了太多山高水长和无疾而终后，我的答案不变，我仍然愿意相信承诺，托付的承诺，许一支花开的承诺。

我愿称百里花海为最美的回忆，当我和我的孩子一同陷入这花海的迷藏，山间夜阑风细，杜鹃花香浸了满头，暗香借宿在少年的衣袖。世间的嘈杂声都隐没在风中，

179

只有弥漫在风中的杜鹃花香。

这是千金不换的一刻静谧，只此一刻，让人低呼快活。

当你读到这个段落时，请不要误会，不是我给百里花海粉饰了一层美好，它是珍贵的本身，它值得人们魂牵梦绕，值得念念不忘。

或许，我早该来到这里，如果我知道它的静谧。我的百里杜鹃，在有月光的夜里，在弥漫的孤独之上，究竟我错过了多少岁月时光？散落的花瓣在它们缤纷的路上记录着时间和等待的秘密，残花仍在优雅地飘落，它们风中的舞动毫无疑问是对我美丽的惩罚。

是我庆幸，无与伦比的庆幸，就算除去承诺与担当，花海也本就是我隔山隔海都会归来的地方。

朋友，来百里杜鹃看看吧，一同感受这高原杜鹃令人沉浸的美，看百里花海动静张弛间尽显东方美学神韵，越过单薄的文字去拥抱美好本身，来一场与自然之美的对话，才觉这人间值得走一遭。

诸行无常。百里花海，沧海桑田。

但杜鹃花还在开呢，年年如此。

四月于春光中

百里杜鹃公众号

扫码关注公众号，回复关
键字"花间阡陌山水归程"

喻帆微博

百 里 杜 鹃